鏡《きょう》本《もと》歴史物語

日《にち》月《げつ》星《せい》の神様

最初の図書館を作ったヤカツグ

KYOMOTO HIROKI
鏡本ひろき

文芸社

目次

プロローグ ――令和万葉集

大きな門が二つ、陸と島を橋がつないでいる。頑丈な高い建物が立ち並び、遠くには赤い塔が見えた。空は青く、緑の小島が浮かび春の心地よい風が吹く。

磯《いそ》の神《かみ》は、海の上から東京お台場を眺めていた。湖にも見える内海を行き交う小船から、尻尾のような白い水しぶきが続く。


島には仲睦まじい親子、手をつないでいる男女、その中から女性二人の会話が聞こえた。

「結衣《ゆい》見て、自由の女神。海が見える浜辺で食べない？」

ファストフードの袋を持ちながら、同級生の高山未麗《たかやまみれい》ははしゃいでいる。

海は二人の前に鏡のように美しく輝き、四月日曜日の太陽は、真上から暖かい日差しを惜しみなく与えていた。

「来月から令和になるんだって」

未麗は結衣に微笑みかける。

「知ってる」

歴史好きの高校三年生、美竹《みたけ》結衣は明るい笑顔で、ストレートの髪をなびかせ振り向いた。


二人を眺めながら、磯の神ヤカツグは思い出す。

――『万葉集』を作った、わが友オオトモよ。


平成の次は「令和」。

今までの元号は中国の古典から考えられてきたが、初めて日本の古典である『万葉集』の一節から創られた。

時に、初春《しょしゅん》の令月《れいげつ》、気淑《うるは》しく風和《やは》らぐ。
梅は鏡前《きやうぜん》の粉《こ》に披《ひら》き、蘭《らん》は珮後《はいご》の香《かをり》に薫《かを》る。

――素晴らしい月、永遠の平和。
磯の神は、目を細めて遠くを眺めていた。

物部氏《もののべし》の末裔《まつえい》

大きな壁に挟まれた中央に、朱色の羅城門《らじょうもん》がそびえ立つ。馬上から降りたヤカツグは、その大きな門を通り抜けた。

〝平城宮《へいじょうきゅう》〟にまっすぐ伸びる大通りをゆっくり歩いていくと、遥か遠くの右手に数年前に完成した東大寺大仏殿の大屋根が見える。

「平城京《へいじょうきょう》」は、奈良時代の首都であり、唐の長安城を模して造られた都である。遷都されてから五十年が経過しているこの都は、中央北に平城宮が置かれ、東西六キロ、南北五キロ四方に広がっている。

中央を通る朱雀大路《すざくおおじ》を軸として、右京と左京に分かれ、左京の外には外京《げきょう》がある。その外京の一番東に東大寺がある。

また、大路・小路が、碁盤の目のように走り、全域が七十二坊に整然と区画されていた。

ここには二十万人が住んでいる（全国の人口は七百万人）。

「十日後は、いよいよ任命式だ」

朱雀大路と呼ばれる大通りには街路樹である柳の木が立ち並ぶ。柳の葉も、少しずつ黄色を帯びていた。

――大陸では、黄色は皇帝が使う特別な色だったな。

日はやや西に傾きかけている。

都のもう一つの大門、朱雀門《すざくもん》の手前を東に曲がるとヤカツグの自宅が見えてきた。

自宅は、建物や倉庫が整然と立ち並ぶ貴族の邸宅である。高位の貴族のため、平城宮の近くに広い宅地が支給されていた。

壁で囲まれた屋敷内には、庭園が広がっている。

「おかえりなさい。郊外の様子はどうでしたか？」

妻に聞かれたヤカツグは、

「農民たちは、刈った稲を小屋に入れていたよ。今年も豊作になるといいね」

数日間にわたる出張にも疲れを見せず、ヤカツグは旅の衣装を片付けた。

時の都は、大和（奈良）の「平城京」。女帝孝謙《こうけん》〝上皇〟が治め、太政大臣の藤原《ふじわらの》仲麻呂《なかまろ》が政務を取り仕切る。

孝謙上皇は、代々この国を治める大和《やまと》朝廷の正当な継承者。

狩りの縄文、農作の弥生、天皇治世の古墳時代を経て、飛鳥・奈良と歴史は続き、歴代の天皇や上皇は、この国を守護する神の子孫とも言われていた。

ヤカツグは、朝廷を古《いにしえ》より補佐してきた豪族の蘇我《そが》氏や大伴《おおとも》氏と並ぶ、名門の物《もの》部《のべ》氏《し》の末裔《まつえい》である。

祖父の頃から、石上《いそのかみ》と姓を変えていた。

七六一年秋、ヤカツグは三十二歳。結婚して息子と娘もいる。自宅は左京《さきょう》にあり、貴族として朱雀門の内側にある平城宮の官庁に出勤する。

この度、ヤカツグは、遣唐使の副使（使節団の中で上から二番目の立場）に選ばれた。

当時の最先端の大国である「唐」の政治や文化・経典などの研究を目的とする遣唐使は、日本と大陸を結ぶ重要な使節であった。

朝廷はこれにより国内の政治体制を作り、文化を発展させ、国際情勢を知ることもできたのである。

任命式を終えた数日後、古くから天皇を支えている豪族の一人であるオオトモが、ヤカツグの自宅を訪れた。

都の東に見える春日山には、白雲《しらくも》が浮かび秋風《あきかぜ》が吹く。

「遣唐使に選ばれたのだって？　おめでとう。向こうでは何を学ぶつもり？」

一回《ひとまわ》り上のオオトモは、興奮気味だ。

「そうなのです。向こうで漢詩や仏教のことなど学ぼうと思っています。祖父や父に負けないよう勉学に励み、一回り大きくなって帰って来るつもりです」

「家族のことは、俺が面倒みるから安心して勉強してこい」

そう言うと、オオトモは勢いよく門を出て行った。

——家族を置いて大陸に行くのは心配だが、様々な書物を見たい。何年向こうにいることになるだろう？

ヤカツグは、縁側から秋の曇り空を見ながら、ぼんやりと考えていた。

唐に行く荷物を用意し、上官《じょうかん》や朋輩《ほうばい》たちにも挨拶をしていた翌年三月、突然、平城宮から使者がやって来た。

「石上宅嗣《いそのかみのやかつぐ》様、遣唐使のことで至急官庁にお越し下さい」

ヤカツグは仕事着の〝朝服《ちょうふく》〟に着替え、急いで参内する。

官庁には遣唐大使が、先に座っていた。

「石上宅嗣殿、急なお呼びたて申し訳ない」

「いえいえ、使節派遣の時期変更でもありましたか?」

ヤカツグは、思ったことを素直に伝えた。

「時期の変更ではないが、副使の交代が命じられ、石上殿は今回の遣唐使節団から外され申した。代わりに他の者が副使になるようである。突然のことだが、ご理解願いたい」

「何か落ち度でもありましたか?　交代の理由は聞き及びませんか?」

青天の霹靂《へきれき》に、ヤカツグは言葉を失う。

「私も詳しい理由は聞いてないが、決定事項なのでよろしくお願い申し上げる」

そう言うと、大使は右手に持った木製の笏《しゃく》を強く握りしめ、部屋を出て行った。

自宅に戻りながら、ヤカツグは考える。

——なぜ急に遣唐使を解任されたのか？　何か理由があるのだろうか？　そうだ、オオトモ様に聞けば何かわかるかもしれない。


翌日、ヤカツグはオオトモの自宅を訪れた。

「渡航《とこう》の準備は進んでいるか？」

オオトモは満面の笑みで尋ねる。

「それが、急に解任となりまして……」

「えっ、そんなことが起きたのか」

オオトモは驚き慌てた。

「私もその理由がわからないのです。オオトモ様は政治に詳しい。何か心当たりはないでしょうか?」

目を皿のようにして聞くヤカツグにオオトモは答える。

「考えられることとして、大使は太政大臣の藤原仲麻呂派閥であるから、その辺りが関係しているかもしれない」

オオトモは長年にわたる宮仕えのため、宮中の〝人間関係〟をよく把握していた。

「太政大臣仲麻呂は、今や絶大なる権力を持つ藤原氏の系統。古くから朝廷に仕える我々のような大伴氏や物部氏らの勢力が伸びるのを快く思っていないのだろう」

オオトモは思慮深い顔を見せる。

「我々だけで政治を取り仕切ろうという野心などないのに、そんな風に考えられているなんて」

ヤカツグは政治の闇《やみ》を垣間見た気がした。

翌月、平城宮からヤカツグに、元々の役職の国司として、地方への赴任が言い渡された。

石上神宮《いそのかみじんぐう》

上総《かずさ》（千葉）に来てから一年が過ぎようとしていた。七六三年春、ヤカツグに一通の手紙が届く。差出人はオオトモだった。

――地方赴任を心配して手紙をくれたのだろうか？　オオトモ様は優しいお方だ。

そう思いゆっくりと手紙を開けると、

「次に都に来る時、俺の家に寄れ。地方の暮らしなど話を聞かせてくれ」

手紙には、そのような内容が書いてあった。

――地方に行くことは身を立てるために必要なことだが、最近どうも出世の道から遠ざかっている気がする。

ヤカツグは、祖父や父が高い位まで昇り詰めたことに思いを馳せていた。

上総（千葉）の産物を都に届けるため、ヤカツグは平城京《へいじょうきょう》に立ち寄った。

道中の春の野には、キジが〝ホロホロ〟と鳴いていた。

——相変わらず都は賑わっている。

ヤカツグは、忙しそうに往来する人々で混み合う大通りを、碁盤の目に沿って歩く。

その道を一本奥に入り、市《いち》を見つけた。

「明石のタイに鳴門のワカメはいらんかね」

「鮎の日干しとイワシが安いよ」

「唐の国からきた薬、どんな病気もすぐ治るよ」

頭巾をかぶり、麻の小袖を着た売り子たちが呼びかける。

市《いち》には、地方から運ばれてきた様々な産物が並んでいる。

絹や木綿などの布、帯や着物、櫛や裁縫用の針、筆や墨といった筆記用具。

さらには太刀や弓、馬具などの武器武具、牛や馬まで売っていた。

もちろん米や野菜、魚介、調味料などの食料品もある。

——私が政務を行う上総地方の産物もここで売り買いしているだろうか？

ヤカツグは袖から銅銭を出すと、ナスとウリを買い、オオトモの自宅へ向かった。

「よく来たな。少し日に焼けたか？」

オオトモは、にこやかな顔でヤカツグを出迎える。

「地方でゆっくり過ごしていますよ。これは市で買った野菜です。夕飯に食べて下さい」

ヤカツグは、手紙のお礼と共にいつも気にかけてくれるオオトモに感謝を伝えた。

オオトモは、ヤカツグに水を出しながら、

「ここにお前を呼んだのは、政治の話をしたいからだ」

と単刀直入に話しかけてきた。

ヤカツグは出された水を一気に飲むと、

「政治に何か変化がありましたか？」

とオオトモに鋭く切り返した。

オオトモは一瞬ためらいながら言う。

「これから話す内容は、くれぐれも注意して聞いてくれ。実は、太政大臣の藤原仲《ふじわらのなか》麻呂《まろ》と違う派閥の藤原氏からある誘いを受けているところなのだ」

ヤカツグは唾を飲み込み、

「同じ藤原氏同士でも違う派閥があるのですか。その誘いとはどんな内容でしたか？」

と聞き返しオオトモの次の言葉を待つ。

「その藤原氏の藤原宿奈麻呂《すくなまろ》様というお方は、俺と一緒に仲麻呂をこの都から追い出そうと言っている。計画が成功した暁《あかつき》には、古くから天皇家に仕えている我々豪族《ごうぞく》たちも、優遇してくれるという約束だ。どうだろう。お前も協力してくれないか？」

オオトモは身を乗り出しながら、小声ではあるが輪郭のある声で言った。

「信頼するオオトモ様が言うのであれば、考えるまでもない。よしその計画に乗りましょう」

何の躊躇《ちゅうちょ》もなくヤカツグは即決した。

藤原仲麻呂は、自身の出世のために敵対した皇族の橘《たちばな》氏や皇太子を排除してきた。実の兄でさえ、政権の座から追い落としたのである。

しかも自分に近い者は抜擢し、高い位に就かせるなど、強引な人事を行っていた。

ヤカツグは、仲麻呂への反乱を起こした橘氏が処罰されたことを思い起こしたが、仲麻呂の次のターゲットは、古くからの豪族である大伴《おおとも》氏や物部《もののべ》氏であることを考え、覚悟を決めた。

——先にやらなければ、自分たちが失脚させられる。

計画は、藤原宿奈麻呂とオオトモ、ヤカツグともう一人の協力者の四人で実行する段取りとなった。

藤原仲麻呂の権力への執着、そして強引なやり口への反発と不満は、有力氏族のみならず同族内にも根深くあった。

共に歌を詠み合うなど、オオトモと非常に親密であった藤原宿奈麻呂は五十歳手前で、自分の出世を焦っていた。

——仲麻呂さえ除けば他に台頭する人物はいなくなる。古くからの豪族である大伴氏や物部氏を味方に付ければ、その先の政《まつりごと》もきっと上手くいくはずだ。いよいよ俺も日の目を浴びる時が来た。後少しの辛抱だ。

そんなことを目論《もくろ》んでいたが、計画は失敗に終わった。七六三年のことである。

「藤原宿奈麻呂以下、大伴家持《やかもち》、石上宅嗣《いそのかみのやかつぐ》、佐伯今毛人《さえきのいまえみし》ら四人を捕らえる」

どこから漏れたかわからないが、仲麻呂は転覆計画を知っていた。

「この仲麻呂様を除こうなんて不届きな奴らだ。俺は権力の一番上にいる太政大臣で名門藤原家の筆頭である」

平城宮《へいじょうきゅう》官庁の最も北に座す大臣室から、仲麻呂は勝ち誇った笑みを浮かべる。

転覆計画を見破られ捕らえられた藤原宿奈麻呂は、謀反《むほん》の罪で官位を全て取られ、藤原の姓も剥奪《はくだつ》された。

オオトモやヤカツグらにとって〝思いがけない幸い〟は、計画の主導者の藤原宿奈麻呂が自分一人で計画したと主張したことであった。

そのおかげで他の三名は、罪に問われることはなかった。

しかし、責任を取る形でオオトモは九州薩摩《さつま》へ、ヤカツグは九州大宰《だざい》への左遷が決まった。


左遷が命じられたヤカツグは大和石上神宮にいた。

ここはヤカツグにとって、代々物部氏を祀《まつ》る先祖ゆかりの地である。

紅葉《もみじ》を踏み分け長い参道を抜け、手水舎《てみずや》で手を洗う。その裏手には小さな池が見えた。池の周りには、色鮮やかで肉付きの良いニワトリが多数放たれていた。

石垣に沿って坂を登り、門をくぐると社殿が見えた。

雲は薄く、日が霞《かす》む静かな早朝、立派な社殿の前でヤカツグはうつむいていた。

赤く染まる裏山の木々の間から、〝ピューピュー〟とシカの鳴き声が聞こえてくる。

——ニワトリは夜明けを知らせ、光の到来を告げる神聖な動物だったな。どうしてこの神宮に沢山いるのだろうか……しかし、この神宮を訪れるのも最後かもしれない。

北方から戻った冬鳥である雁《かり》が、斜めに連《つら》なり、晩秋の冷たい空を飛んでいた。


一時間ほど社殿の前で佇《たたず》んでいると、辺りに〝濃い霧〟が立ち込めてきた。社殿の周りを覆う常緑の木々や竹の葉は、しっとりと露を帯び濡れている。

——私の軽率な行動から、名門である物部の名を汚してしまった。左遷が決まり出世の道も閉ざされている。これから自分はどのように生きていけばよいのだろう？

……それにしても幽玄《ゆうげん》とはこのような景色のことをいうのだろうか？　朝なのに夜のようだ。

ヤカツグの心の中には、落ち着いて考えるもう一人の自分がいた。

道教神《どうきょうしん》の鍾馗《しょうき》

朱色の柱に支えられた建物の上に、茶色の圭冠《けいかん》をかぶったような屋根がある。横長で大きな社殿の中央階段奥の部屋に、鏡があった。

ヤカツグはそこに目をとめた。

——青銅で作られているあの鏡は、大陸から来たものだろうか？　それとも我が国で作られたものであろうか……光を反射し、姿を映すとは不思議なものだ。この鏡は歴代の物部《もののべ》氏先祖たちを見てきたかもしれない。それにしても自分は遣唐使として唐に行くこともできず、大宰《だざい》にも左遷となり、一番出来の悪い子孫ではなかろうか？

ヤカツグは同じことばかり考えている。

――いけない、いけない。左遷されたって大宰でまた頑張れば良いではないか。まだ政治生命を断たれたわけではない。自分には妻子もいるし官位もある。時が来るまで静かに暮らそう。

そう結論づけたヤカツグが社殿を後にしようとして、もう一度鏡を見た時、鏡から閃光《せんこう》が発せられた。

やがて光は波のように揺らめき、ヤカツグの目の前に人の幻影が映し出された。

顔に長いひげをたくわえたその姿は、唐の官服《かんぷく》を身にまとっている。また、手には剣を持ち、大きな眼で何かをにらみつけているようだった。

雷鳴にも似た声で、その幻はヤカツグに話しかける。

「我の名は鍾馗《しょうき》。大陸から来た道教《どうきょう》の神である。若者よ、何を悩んでいる」

その地鳴りのような太い声に、ヤカツグは驚き腰を抜かして、その場に倒れ込んだ。

「何が起きたのですか？　どこから来たのですか？　あなたは神様なのですか？」

倒れながらヤカツグは、幻に向かって細い声で尋ねる。

「わしも昔は人であった。百五十年くらい前の話だが。今では大陸と半島、島国の空を飛びながら行き来をしている。年はとらず死にもしない。いわゆる不老不死の身となったのだ。ガハハハッ」

嵐の中で大木が右に左に揺れるように、鍾馗は豪快に笑う。

「人生は長く世の中は広いぞ。小さなことでクヨクヨするな」

「小さいことと言いましても、私の宿命である物部の家系を発展させるという望みが、もはや絶たれたのも同然なのです。私は大きな失敗をしてしまったのです。これが小さなことと言えるでしょうか？」

ヤカツグは先ほどよりも、さらに小さな声で答えた。

「良いことを教えてやろう。こう見えてわしも昔はお主のように小心者で、大きな失敗をしたこともあるのだ。小心者だった頃の面影があるであろう？　ワハハハ」

鬼のようなギョロっとした大きな眼が突如、仙人のような優しい目に変わり、鍾馗はケラケラと笑い出した。

「そのお姿からはとても想像できませんが、神様でも失敗したことがあるのですか？

神様は全てにおいて完璧であると思っておりました」

ヤカツグは鍾馗のひょうきんな顔につられて平常心を取り戻していた。そして恐る恐る、黒い冠に隠れた、太い眉を持つ赤ら顔の鍾馗をのぞき込んだ。

「若者よ。わしの失敗談を話してやろう」

鍾馗は、遠い過去を思い出しながら語り始める。

「わしは唐が建国された頃、田舎の村を出て、勇み長安《ちょうあん》の都に行ったのだ。何をするためかって？　お主と同じく役人になり立身出世を目指すためだ。男なら上を目指したいという気持ちはよくわかるぞ」

ヤカツグは、キツツキのように首を縦に振って聞いていた。

「ところが、わしは役人になるために受けた科挙《かきょ》の試験に何度も落ちてしまったのだ」

鍾馗は、子供のような顔をしながら舌を出す。

「その後にどんでん返しがあると期待しているであろう？　神様だから凄いオチがあると思うか？」

真剣な眼差しに変わった鍾馗は話を続けた。

「なんとわしは、そこで嘆き絶望しすぎて、憔悴《しょうすい》し失意の中で若くして死んでしまったのだ」

そう話す鍾馗の顔は、泣いているような、笑っているような、怒っているような複雑な表情だった。

「そのようなことがありましたか……無念ですね」

眉を八の字にして聞いていたヤカツグに、

「そうだ。それでもわしは神になったのだ。わしは死んでから神になった。その話はまたの機会に教えてやろう」

「またの機会とは？　どこかで、もう一度鍾馗様にお会いできるのでしょうか？」

「お主を見ていると昔のわしにそっくりだ。これからお主の守護神になってやる。困った時は、いつでも助けてやるぞ」

鍾馗は、そう言い終えた。

その後、その姿が見えなくなると同時に霧も晴れ、辺りの視界が明るくなった。

高台に位置する石上神宮《いそのかみじんぐう》からヤカツグは、幾重《いくえ》にも重なりあった青い垣根のような山々を眺めた。そして、それらに囲まれた平坦な奈良盆地の古墳や都の姿を見ていた。

祖父麻呂

年が明けると、ヤカツグとオオトモは左遷により、それぞれが別々の場所に赴任することになる。

ヤカツグは、別れの挨拶をするためにオオトモの自宅を訪れた。

「これも運命かもしれないですが、この度は大変なことになりましたな。お互いそれぞれの場所で頑張りましょう」

ヤカツグは年上のオオトモに向かって、悟り顔で話しかけた。

「落ち込んでいると思ったが、案外元気そうだな。いつか再び都に戻って来よう」

綺麗に片付いている部屋に、オオトモの声が響き渡る。

「信じないでしょうが、先日石上神宮《いそのかみじんぐう》に行った時に不思議なことが起きたのです」

にこやかな顔をしているオオトモに、ヤカツグは話しかけた。

「私の祖先が祀《まつ》られている石上神宮の鏡を見た時、鍾馗《しょうき》という神様が出てきたのです。私が言っていることを信じてもらえますか？」

にわかには信じ難いだろうという顔で、ヤカツグはオオトモに尋ねる。

「俺もそういう面妖《めんよう》な話を聞いたことがある。都がまだ飛鳥にあった頃の話で、今から百年ほど前の話だが……光り輝く竹から生まれた女の子の話を知っているか？　その女の子は大人になった時に、五人の公達《きんだち》から求婚されたのさ。二人は皇子で三人の貴族の一人は、お前の祖父だったようだ。俺の大叔父もその内の一人だったようだが。あと一人は阿倍の何某《なにがし》というお方だったかな？　ハハハハ」

オオトモは大声で笑いながら、話の登場人物の孫であるヤカツグに目を向けた。

——私の祖父は、官庁の最高権力者である左大臣まで昇り詰めた。その遥か前の壬《じん》申《しん》の乱では、天武天皇の敵側に付き、最後まで従ったことは知っていたが、他にもこのような面白い話があったとは……。祖父は勝利した天武天皇の敵だったのにも拘わらず、その忠誠心を評価されて天武天皇に許された。そして最後には、最高権力者に迄なった。なんて素晴らしい生き方なのだろう。私は足元にも及ばない。

かぐや姫

大和平城京《へいじょうきょう》にある自宅の縁側で満月を眺めながら、ヤカツグはオオトモが話していた「かぐや姫物語」を回想した。

——世の中には不思議なことがあるものだ。

あの満月にかぐや姫は今も住んでいるのだろうか?

オオトモから昨日聞いた物語の内容は、このような話だった。

ある年老いた男が竹林に出かけると、不思議なことに一本だけ光り輝く竹があった。その光る竹を見ると、中には小さな可愛らしい女の子が座っていたのである。子供がいなかった年老いた夫と妻は、その子を〝かぐや姫〟と名付け大切に育てた。女の子が大人になると、五人の公達《きんだち》が求婚してきた。その内の一人は、ヤカツグの祖父麻呂である。かぐや姫は、

「深い志《こころざし》を持った男性と結婚したい」

と公達に伝え、その証《あかし》に自分が望む物を持って来て欲しいと条件を付けた。

それらは、この世に到底存在しないような物ばかりであった。

仏の御石《みいし》の鉢《はち》（お釈迦様が生前使っていた神々《こうごう》しい光を放つ石のお皿）や、蓬莱《ほうらい》の玉の枝（大陸から見た東の海の上にある仙人が暮らす仙境に生息する木の枝。根が銀、茎が金、実が真珠）、火鼠《ひねずみ》の衣（大陸に住む怪獣ひねずみの皮でできた衣＝焼いても燃えない布）、龍の首の珠（〝龍〟は神話や伝説上の生き物であり実際には存在しない）、燕《つばめ》の産んだ子安貝《こやすがい》（燕は貝を産まない）等である。

かぐや姫が望む物を持って来た者は、誰もいなかった。

――祖父がかぐや姫と結婚しなかったため、私がこの世に産まれたのか。もし祖父がかぐや姫と結婚していたら、今頃は月に住んでいたのかもしれない。

ヤカツグは、燦然《さんぜん》と輝く月を見ながら独り想像を膨らませた。

かぐや姫の美しさは、時の帝まで伝わり、かぐや姫と帝は和歌でやり取りするようになる。

それから三年が経った頃、かぐや姫は月を見ては、物思いにふけるようになった。

八月の満月が近づくにつれ、激しく泣くようになり、おじいさんに、

「私はこの国の人ではなく月の都の人なのです。次の十五日（望月《もちづき》）に帰らなければなりません。ほんの少しの間だけ、あちらからこの国に参りましたが、随分長い年月を過ごしてしまいました。そろそろ郷里《きょうり》の月に帰りたいと思っております」

と思い詰めた表情で伝えた。

かぐや姫が月に帰ることを聞いた帝は、かぐや姫が住む竹取の家に、二千人もの兵を派遣する。

「どうしてもかぐや姫を手放したくない」

輝きを増す満月が地上を照らす真夜中、かぐや姫がいる竹取の家の周りは、昼間よ

り明るくなった。すると天満月《あまみつつき》から月の兵が雲に乗って降りてきた。

地上から人の背ほど上がったところに、月の兵たちは立ち並んでいる。

それを見ていた二千人もの猛々《たけだけ》しい兵たちは、金縛りにあったように固まってしまった。

「早く月の兵を捕らえろ」

帝の兵の隊長が言うも、誰一人戦う者はいなかった。

天の羽衣をまとったかぐや姫は、

「おじいさま、おばあさま、今までお世話になりました」

と述べると、帝への手紙と不老不死の薬を置き〝空飛ぶ輿〟に乗り込んでしまった。

空飛ぶ輿は、漆黒《しっこく》の暗闇の中を地上まで一途に伸びる月光に導かれ、みるみるうちに満月に吸い込まれていった。

そのことを聞き、ひどく悲しんだ帝は、

「たとえ不老不死の身になっても、恋する人がいなければ何も幸せではない」

と食べ物も喉を通らず、詩歌管弦《しいかかんげん》もする気力がなくなるほど落胆した。

ついには、かぐや姫からもらった手紙と不老不死の薬を、駿河《するが》（静岡）にある日本で一番高い山、すなわち天上に一番近い山で焼いてしまったのである。

その山は〝ふじの山〟と呼ばれ、焼いた煙は、いつまでも雲の中に立ち昇っていたという。

計画失敗を思い返す

先ほどまで明るさを増していた月に、雲がかかり、辺りが暗くなってきた。

――少し身体が冷えてきたな。部屋に戻って寝る前に酒でも飲み体を温めよう。そうだ、酒のつまみには、乾かしてある栗でも食べよう。

晩秋の夜、かぐや姫物語を回想していたヤカツグは、着物をもう一枚羽織り、縁側から居間に移動した。

――この酒はどこで造られたものか？　乾かした搗栗《かちぐり》もおいしいな。しかし、この自宅ともいよいよお別れだ。年が明けたら九州大宰《だざい》にいるのか……。

そんなことを逡巡《しゅんじゅん》しながら、ヤカツグは杯《さかずき》を重ねた。

米粒がところどころに混ざっているこの酒は、〝だくろう〟と呼ばれ、以前に朝廷から下賜《かし》されたものである。

「なんともうまい酒だ」

当時、酒造りは専門の役所があり、酒を造ることは官庁の重要な業務の一つであった。この麹《こうじ》を使った醸造技術は、大陸から伝わったものである。

――それにしても太政大臣の藤原仲麻呂《ふじわらのなかまろ》を除く計画に参加したのは、正解だったのだろうか？　友の誘いとは言え、軽々しく協力を引き受けてしまったのかもしれない。私はその場の勢いに任せて行動してしまうところがある。これからは、よく熟慮してから行動するようにしよう。自分は出世して、物部《もののべ》の家を盛り立てていくことばかりを考えている。それとは別に自分にしかできないことはないのだろうか？

すると、満月を覆っていた雲が移動し、急に部屋の中が明るくなった。

――大宰に赴任したら、もっと学んで自分にしかできないことを見つけよう。

ヤカツグの顔は、ほんのり赤くなっていた。

和服で海を渡る夢

「そろそろお休みになってはいかがですか？」

着物を繕《つくろ》っていた妻が、ヤカツグに声をかける。

「そうだな。寝るとしよう」

そう言うと、ヤカツグは寝室に向かった。

その日の夜半、満月を雲がまた覆い、秋《あき》の村雨《むらさめ》が庭草《にわくさ》を濡らす。雨は急に降り出したかと思うと直ぐに止んだ。

雨が止むのを待っていたかのように、コオロギが、〝コロコロリーン〟と鳴く。

やがて虫の声はピタリと静かになる。そしてまた右から左から、真ん中から鳴き始めていた。

ヤカツグが眠りに就いた寝室には、先ほど妻が繕い、畳まれた衣があり、そこから片袖がはみ出していた。

少し雲が晴れた月影《つきかげ》に、この季節では珍しく生暖かい秋風《あきかぜ》が吹いた。

＊

船頭が、遣唐副使であるヤカツグに伝える。

「この奄美《あまみ》の島を離れると、大陸までは寄るところはなくなります。大海原《おおうなばら》を渡れるかどうかは運次第です。ご承知下さい」

「了解した。後は天に任せよう。船員たちにも無理をしないようにと伝えてくれ」

以前の遣唐使の海路は、九州の北部に浮かぶ対馬《つしま》を頼りに、半島の沖を渡る比較的安全な経路だった。しかし、半島の国にある新羅《しらぎ》との関係が悪化した現在は、以前の北路に対し、南島路あるいは南路と言われる険しい海路を取らざるを得なかったのである。

ヤカツグは、四隻並ぶ遣唐使節団の二番船に上船《じょうせん》していた。

右前《みぎまえ》に合わされた和服に水しぶきが掛かると、締められた帯がよりきつく感じた。

——海上で嵐にさえ遭わなければ……。

ここが正念場だ。物部《もののべ》のご先祖様どうかお守りください。

その願いが届いたのか、奄美を出発してから大陸の揚州《ようしゅう》までの数日間の海路《かいろ》は、穏やかで順風満帆《じゅんぷうまんぱん》であった。

「ここが大陸の街！　流石《さすが》の賑わいだ。異国の商人も大勢いるぞ」

大陸に着いたヤカツグは、平城京《へいじょうきょう》にある興福寺《こうふくじ》の柳と五重塔《ごじゅうのとう》の景色にも似ている揚州の〝柳と二重塔〟を船から見て目を輝かせていた。

——後はこの長江《ちょうこう》と黄河《こうが》を結ぶ大運河に沿って水路を北上し、そこから黄河を遡《さかのぼ》れば、長安《ちょうあん》の都に着く。よくぞあの海を渡れたものだ。

「遂に大陸に着いた！　皆の者よくやった」

船頭が船員たちに労《ねぎら》いの言葉をかける。

ヤカツグは、その姿を興奮した面持ちで眺めていた。

「やったー！　やったぞ」

そう言ってヤカツグは飛び跳ねた。

＊

「……うなされていますが、大丈夫ですか？」

突然妻の声が聞こえた。真綿を綴《と》じ合わせた掛布団を両手でつかみ、起き上がったヤカツグは、

「夢か。遣唐使として海を渡った夢を見ていたよ」

夜中に夢で突然起きて、妻に話すヤカツグは、嬉しいような、残念なような顔をしていた。

大宰那《だざいな》の津《つ》

年が明けた七六四年一月、ヤカツグ一家は平城京《へいじょうきょう》から九州大宰《だざい》に、左遷の命令に従って移動した。

大宰は大宰府《だざいふ》が置かれ、九州とその周りの島々を管轄する都市であった。また大陸の敵が攻めて来た時の重要な防衛の拠点でもあり、大陸や半島の国々との外交も担っていた。

平城京を小さくしたような大宰府は、唐の都長安《ちょうあん》を模した点で平城京と同じ作りであった。

「ここが大宰か。ここでまた頑張り、再び都へ戻るぞ」

ヤカツグは、すっかり気持ちを入れ替えている。

大宰での仕事に慣れた春の良き日、ヤカツグは、遣唐使出発地点の那《な》の津《つ》（博多湾）に行くことにした。

大宰から那の津までの道のりは、まず大野城《おおのじょう》がある山を左に回る。馬に乗りしばらく進むと、平地に築かれ土塁になっている〝水城《みずき》〟が現れた。水城《みずき》の手前には大きな堤があり、水を貯《たくわ》えさせている。

この大宰府を囲むいくつかの城は、百年前に日本が半島の国の新羅《しらぎ》と唐の連合軍に大敗したため、日本の防衛線として築かれたものであった。

この戦いにより新羅と日本は関係が悪化し、遣唐使団も半島沿いの安全な航路を取れなくなった。それから遣唐使団は、大海を渡る危険な南路を取らざるを得なくなったのである。

「なるほど。太宰府はこのようにして大陸や半島からの防衛拠点となっているのか」

その造りに感服するヤカツグは、土塁を後にして、那の津（博多湾）に続く川を、再び馬に乗り北上した。

ヤカツグは左右の山々を見ながら、

「ここは左右を山に挟まれた天然の要害。しかも後ろの平地には水城の土塁が築かれている。鉄壁の守りだ。色々勉強になるぞ」

思わず感嘆《かんたん》の声をあげた。

更に馬を進めると、目の前に、青く広がる海原《うなばら》が見えてきた。

白い砂浜と、朱色に浮かぶ数隻の帆船や海上にある緑の島々を見るヤカツグは独り言を言った。

「ここが遣唐使出発地点の那の津か。遣唐使として大陸に行きたかったな」

ヤカツグの父乙麻呂も遣唐使の大使に選ばれながら、派遣が停止され大陸に行けなかったことを思い出す。

海上を進む帆船から、曲線を描いて白い水しぶきが続いていた。

宗像三女神《むなかたさんじょしん》の末姫《すえひめ》

帆船の脇で漁師が一人で漕ぐ小舟を、ヤカツグは眺めている。日は西の水平線を茜色に染め始めていた。

「そろそろ今晩お世話になる宿に向かおう」

そう言って、那の津を立ち去ろうとした時、空からひらひらと桃色の桜の花びらが降りてきた。

「雪でも降ってきたのかな？」

と不思議がるヤカツグの目の前に、桃色の衣を着た愛らしい姫が現れた。

上品なその姿は、空に舞う天女のような美しさだった。

その女性は、〝蛇〟と〝鳥居〟が描《えが》いてある冠をかぶり、手には、〝ラクダに乗った西域の胡人〟が描《か》かれた琵琶を持っている。

ポローン♪　ポローン♪

「あなたが遣唐使に選ばれて、唐に行けなかった方ですか？」

笑いながら琵琶を弾き、その女性は話しかけてきた。

「はいそうです。えっ？　私をご存じですか？」

キョトンとした目でヤカツグは答える。

「私はすぐ近くの宗像大社《むなかたたいしゃ》からやって来ました。天照大御神《あまてらすおおみかみ》の娘で、宗像三女神《むなかたさんじょしん》と呼ばれています。私たちは三人姉妹で、私は三番目の〝市《いち》〟と言います。天照大御神を知っていますか?」

「すみません。全く知りませんでした」

「天照大御神は、お日様の神で、この国の天皇の祖先なのです」

「そ、そうなのですか?」

「あなた、歴史に詳しそうな顔しているのに何も知らないのね。フフフフ」

宗像三女神の末姫《すえひめ》の市はクスクスと笑い出す。

「最近は少し気が晴れましたが、遣唐使に選ばれたのに解任されて、唐に行けなかったことを今でも悔やんでいるのです。このしつこい性格も変えたいのです」

「そうなのね。私が良い話を教えてあげるわ。何かあなたの助けになるといいわね」

「ありがとうございます。良い話とは何でしょうか? 是非、教えてください」

末姫は遣唐使として唐に行き、今でも帰国できないで唐にいる阿倍仲麻呂《あべのなかまろ》の話をした。

「阿倍さんはね。唐に渡って玄宗《げんそう》皇帝に気に入られて、都の長安《ちょうあん》で役人になったのですよ」

「へえ、そうなのですか」

「三十五年も唐で役人を勤め、ついに日本へ帰ろうとした時に、帰りの船が難破して帰国できなかったのです。今でも唐で暮らしているのですよ」

「遣唐使で唐に渡った阿倍様のことは、噂で聞いたことがあります。まだ祖国に帰れず悔しい思いをしているのですね」

頷《うなず》き答えるヤカツグに、

「運命は努力だけでは、なかなか自分の思うように進まないものよ。時には自然の流れに身を任せることも必要ですよ」

宗像三女神の末姫である市は、ウサギのようにぴょんぴょん跳ねながら去っていった。

七六四年初夏

左遷とは言え、大宰《だざい》の暮らしは平城京《へいじょうきょう》での生活とあまり変わらないものであった。

この都市は、外交使節や貿易船が数多く訪れる外交窓口であり、都と同様に栄えている。

大宰府《だざいふ》を統率する長官には、大臣級の貴族が任命される時もあった。

ただ違いは従者が与えられず、住まいも都に比べて質素なものであった。


そんな大宰での左遷生活も半年を過ぎた夏の頃、ヤカツグは息子の継足《つぐたり》にも海を見せたいと思い、那《な》の津《つ》まで親子で旅をした。

「こうしてゆっくりと一緒に旅をするのは、初めてだな。暑さは大丈夫か？」

息子を気遣いながら、以前に馬で移動した道を行く。息子も慣れない手つきで手綱を握っている。

道すがら、きれいな水が流れている柳の木陰で涼をとるため、一休みした。

ホトトギスが鳴く青々と広がる田を通り過ぎると、ツルを伸ばした赤紫の花が咲いていた。南風が心地よく吹く。

「蝉《せみ》の声も聞こえるね。あの池の黄色の花は睡蓮《すいれん》かな？」

息子も初めての旅を楽しんでいる。

――大宰に左遷の時も一家で都から移動したが、あの時は皆、悲壮な面持ちで旅を楽しむ気持ちにはなれなかった。しかも、移動の時期は、寒風吹きすさぶ一月だったからな。


ヤカツグたちは大宰を朝早く出て、夕方那の津に着いた。

二人の眼前には水色の海が広がり、地平線には、紫色の青空が横たわっていた。雲も遊んでいるように、ぽっかりと浮かんでいる。

「これが海か。広いね」

息子は大海原を初めて見た。

次姫《つぎひめ》の予言

「今日は海外使節を接待するための迎賓館《げいひんかん》の〝筑紫館《つくしかん》〟に泊まる。その前に海を見ながら、持ってきた夕飯《ゆうめし》を食べよう」

ヤカツグは、身体に巻き付けてある細長い布袋から〝干《ほ》し飯《いい》〟を取り出した。

「さっき通った水城《みずき》に兵士たちがいたね。あの人たちは諸国から集められて来たのでしょ？　故郷から離れて暮らして大変だね」

防人《さきもり》のことを知っている息子は、ヤカツグに尋ねた。

「防人は、東の地方からやって来て、何もなければ三年で帰れる。けれど、帰郷が許されない人もいるのだ。壱岐《いき》や対馬《つしま》の島に配置される人もいる。彼らの父母は心配しているだろう。愛する人と別れて来る人もいる。大陸からの侵入を防ぐためには仕方ないが、哀しいことだね」

ヤカツグは、息子に思いやりのある言葉で話した。

すると磯の香りが漂う海辺に突如、香《こう》を焚《た》きしめた匂いが立ち込めた。

「この香りは、都で嗅いだことがある。そう、〝梅〟の匂いだ」

ヤカツグは、毎年自宅の庭に咲く梅の香りを楽しみにしていた。

「梅は大陸から来たきれいな珍しい花だ。海辺には咲かないのに、どうして匂いがしてくるのだろう？」

そう不思議がるヤカツグの前に、

「ジャジャーン！　あなたが私の妹の市《いち》が言っていたヤカツグさん？　今日は息子さんとお出かけで楽しそうですね」

宗像三女神《むなかたさんじょしん》の次姫《つぎひめ》の多岐《たき》は、ヤカツグに突然話しかけてきた。

「はい。今年の春に末姫《すえひめ》の市様にお会いしました。三姉妹なのですよね？」

「そうです。私は天照大御神《あまてらすおおみかみ》の娘で宗像三女神の二番目の姫、多岐と言います。宗《むな》像大社《かたたいしゃ》の先に浮かぶ大島からやって来ました。よろしく」

「皆さんとても美人ですね。末姫の市様には、遣唐使の阿倍様の話を教えて頂き、『人は自分の努力だけでは、上手くいかないこともある』と教わりました。大宰《だざい》で日々、勉強しております」

「あら、それは熱心ね。努力だけでは、上手くいかないこともあるけれど、努力しなければ何事も始まらないわよ。何かに打ち込めば必ず道は開けるから」

「そうですか。私は出世するために頑張っていますが、自分にしかできない〝何か〟を探しているところです」

息子の前で少し照れながら、ヤカツグは次姫に答えた。

「私は未来がわかるのです。今後、あなたに起こることを教えてあげますね。伝えても良いかしら」

頷《うなず》くヤカツグに次姫は続ける。

「大宰に来て半年経ったけれど、あなたは今年の秋に再び平城京《へいじょうきょう》に戻るわ。この時期に都で大きな出来事が起きるから、情報によく注意してね」

鶯《うぐいす》のような美しい声で、次姫は歌うように話しかけた。

ヤカツグはありがたいと思いながら、頭の中では様々なことを考えていた。

――そんなことが起きるのか。人生何が起きるかわからないな。何か〝事〟が起きたらすぐに動けるようにしておこう。それにしても宗像三女神の方々は、何故こうも私に親切にしてくれるのだろう。

都からの使者

次姫《つぎひめ》の予言は現実となる。夏から秋に変わったばかりの九月、都からヤカツグがいる大宰《だざい》に使者が来た。

ヤカツグは、次姫の予言を信じていた。都のしかるべき人に、何か変化があったら直ぐに自分に知らせて欲しいと、周到な準備をしていたのである。

「石上《いそのかみ》様、都で一大事が起きました。これから経緯《いきさつ》と結果まで伝えますので、心して聞いて下さい」

使者は馬を飛ばして来たため、息切れをしていた。

「落ち着いて。まずは水を飲んで下さい。一体何が起きたのですか？」

ヤカツグは、動揺せず落ち着き払っていた。

水を飲み落ち着いた使者は、都で起きた一連の流れをヤカツグに詳しく説明した。

平城京《へいじょうきょう》の最高権力者である太政大臣の藤原仲麻呂《ふじわらのなかまろ》は焦っていた。今までは女帝、孝謙《こうけん》上皇と阿吽《あうん》の呼吸で政治を共に取り仕切っていたが、最近、その関係が悪くなっているのを感じていた。

「あの坊主が来てから、関係がおかしくなった。あいつは何者だ。ただの坊主のくせに女帝に取り入りやがって。祈祷《きとう》で女帝の病気を治したからっていい気になり過ぎだ」

並み居る競合相手を蹴落として来た仲麻呂は、一抹《いちまつ》の不安を抱えていた。

「まずは、いつものように出る杭を打つか。あの道鏡《どうきょう》と言う坊主を除こう。そうだ、あちらが動く前に軍を起こして奴を捕らえよう」

嗅覚が鋭い仲麻呂は、今までも怪しい動きに対して常に先手を打ってきた。競合の橘《たちばな》氏やもう一人の藤原氏など自分の座を脅かす相手をこうして倒して来たのだ。

「女帝もどうして、あのような坊主を重用《ちょうよう》するのか。女性の気持ちはわからないものだ」

歯ぎしりをしながら仲麻呂は、側にあった文机《ふみづくえ》を蹴る。

ところが今回は今までと違い、対立する相手が女帝孝謙《こうけん》上皇だったのが、仲麻呂の不運であった。

孝謙上皇は、道鏡を敵にするとは、朕を敵にするのと同じであると反撃に出たのである。

さらに、孝謙上皇は上手《うわて》で、仲麻呂が反乱を企てていることを既に抑えていた。

太政大臣の仲麻呂が反乱――このことを知った孝謙上皇は、直ちに行動に移る。

軍隊の発動に必要な〝鈴印《れいいん》〟（駅鈴《えきれい》と御璽《ぎょじ》）を奪い取り、たちまち有利な立場になったのである。


都からの使者は、興奮しながら仲麻呂反乱（恵美押勝《えみのおしかつ》の乱）の経過を一気に話した。

藤原仲麻呂は、〝恵美押勝〟の名を淳仁《じゅんにん》天皇から賜《たまわ》り名乗っていた。

皮肉にもこの立派な名前は、人民を「恵む美」が優れ、乱を防いで「押し勝つ」功績を讃えた名であった。

淳仁天皇とは、孝謙〝天皇〟の次の天皇で、藤原仲麻呂の乱では、孝謙〝上皇〟とは対立し、仲麻呂側であった。

仲麻呂《なかまろ》追討

〝鈴印《れいいん》〟を奪回し、軍隊の指揮権を執った女帝孝謙《こうけん》上皇は、追撃の手を緩めなかった。

「唐の軍学がある吉備真備《きびのまきび》を呼べ。仲麻呂《なかまろ》の官位をなくせ。また藤原の姓も剥奪せよ。全財産も没収しろ」

仲麻呂を追い詰めるために、次々と手を打った。昨日まで、権力の絶頂にあった仲麻呂は、あれよあれよと言う間に窮地に陥っていた。

「くそ！　こんなはずではなかったのに。女だと思って油断した。孝謙上皇がこんなに才覚があるとは思いもしなかった。なんとか巻き返せないものか」

孝謙上皇に軍の指揮を任された七十歳になる吉備真備は、一気に攻勢をかける。

「仲麻呂軍はここを通るであろう。先回りして勢多《せた》の橋を焼き、東山道《とうさんどう》から逃亡するのを防ぐのだ」

遣唐使として長く唐にいた吉備真備は、当時の最新の軍学知識を持ち、あらゆる行動を予測していた。

吉備真備により橋を焼かれ逃げ道を失った仲麻呂は、仕方なく自分の息子がいる越《えち》前《ぜん》（福井）に向かう。そこに行くため、近江の海（琵琶湖）西岸から北に進んだ。

「ここは息子のいる越前に一時的に避難して、体制を立て直そう」

思わぬ敗北にも頭を巡らせながら、仲麻呂は次の手を考える。

「仲麻呂は越前に向かうぞ。先に敵の越前の兵を壊滅させろ」

老齢の吉備真備は長年の経験から得た知恵を働かせ、仲麻呂を追い詰めた。

越前を取られ逃げ場を失った仲麻呂は、最後には、近江の海の湖上に舟を出して逃げた。

「時の権力者がみっともないぞ。最後は男らしく潔く観念せよ」

吉備真備が率いる官軍（孝謙上皇側）に湖上で囲まれた仲麻呂は、遂に近江の海で討ち果たされた。

これが、七日前は最高位にいた権力者の最期である。

使者から仲麻呂の反乱（恵美押勝の乱）の結末を聞いたヤカツグは、信じられないという顔をしていた。

吉備《きび》遣唐使

平城宮《へいじょうきゅう》大極殿。

天皇の即位や元旦の式典など特別な儀式だけに使われる。

その大極殿で見事仲麻呂《なかまろ》を討ち果たした吉備《きび》に、女帝孝謙《こうけん》上皇は言葉をかけた。

「さすがは吉備真備《きびのまきび》。あっぱれである」

「お役に立てまして、光栄であります」

吉備は女帝の前に傅《かしず》く。

平城京《へいじょうきょう》の民《たみ》は、反乱者を倒した吉備に惜しみない喝采《かっさい》を送った。

孝謙上皇は仲麻呂側についた淳仁《じゅんにん》天皇を廃位し、自らがもう一度天皇に重祚《ちょうそ》（同じ方が二回天皇になる）した。

重祚後の名は、称徳《しょうとく》天皇である。

称徳天皇が即位の時、その脇には女帝の重い病を治し、信用を得ている僧侶の道《どう》鏡《きょう》がいた。


乱の処理が終わった七六四年十月、大宰《だざい》にいるヤカツグに帰京命令が下る。

「宗像三女神《むなかたさんじょしん》の次姫《つぎひめ》の予言は、本当になった。大きな出来事とはこのことを言っていたのか。凄い」

ヤカツグは神通力《じんつうりき》とはこのようなことを言うのだろうと考えながら、都に戻る支度をした。

「再び都に戻れるとは夢のようだ」

妻と息子たちを連れて、大宰から平城京に戻ったヤカツグは活き活きとしていた。

「太政大臣の藤原仲麻呂《ふじわらのなかまろ》はもうこの世にいないのか。人の運命は、予想ができないものだ。しかし、都はいつも通りに賑わっているな」

ヤカツグは、以前に住み慣れた自宅に向かう。

衛士《えいし》に守られている朱雀門《すざくもん》の前を東に曲がり、平城宮の南側を通る二条大路《にじょうおおじ》に沿って歩く。東大寺大仏殿の大屋根が見えると自宅に着いた。

大仏殿の東と西の両側には、完成したばかりの高さ一〇〇メートルもある七重塔が、新しく建っていた。

「都は益々発展している。早速、官庁がある平城宮に出勤しよう」

ヤカツグは再び都で働ける嬉しさを感じ、ますます精力的に動いた。

「石上宅嗣《いそのかみのやかつぐ》様、お久しぶりでございます」

都の貴族たちも皆、快く出迎えた。

この平城宮には、七千人もの役人や女官が働いている。

木簡《もっかん》で政務をとる宮内省で働く役人や天皇の住まいである〝内裏〟の後宮で働く女官、食材の管理を一手に担う大膳職《だいぜんしき》など、皆ありとあらゆる仕事を行っていた。

歴代の天皇は内裏で日常生活を送り、政治や儀式を行った。

時には、貴族を招き入れ宴を開き、囲碁や双六を楽しむこともあった。そこには、数々の調度品や儀式具、楽器、遊戯具がある。

役人たちの出勤は早く、太鼓の音で朝が始まる。

鼓の音は、はじめ小さく徐々に大きくなる。

この鼓の音を合図に各門が一斉に開かれ、役人は平城宮に入る。

ここでは律令に基づき事務が徹底され、鼓の合図で仕事が終わる。

中には退庁の合図が終わっても、〝残業〟している者もいる。休暇届けを出して、休みを取る者も。現代の風景とまるで同じである。

「こちらの上品な方はどなたかな？」

頭に冠をかぶり、一枚の着物を腰の帯で結んだ老齢の吉備が、ヤカツグに声をかけた。

白い髭を生やし年相応に見えるが、体は若者のように筋肉隆々である。とても齢《よわい》七十歳とは思えない吉備は、細い目をさらに細くしてヤカツグを観察した。

「吉備真備《まきび》様、物部《もののべ》の子孫であります、石上宅嗣でございます。この度の勝利おめでとうございます」

そう一通りの挨拶をすると、ヤカツグは目を輝かせて吉備に尋ねた。

「吉備様は遣唐使として唐におられたのですよね。私は遣唐使に選ばれたのですが、直前で解任され、唐に行くことができませんでした。是非、唐の話を聞かせて下さい」

突然急な話をされた吉備であったが、快く受け入れた。

「おほん。唐のことが知りたいか？　そうであろう。唐はこの世の中で一番最先端の国であるからな。誰もが行きたいという気持ちはあるであろう。石上殿も唐に行けずに残念であったな。よかろう。まずは何から話そうか」

吉備は、知識の数だけ増えた白髪の眉を下げ、頬を膨らませて話し始めた。

「鑑真和尚《がんじんおしょう》という高僧を知っているか。彼の御坊は、唐の揚州《ようしゅう》出身で日本の要請を受けて、遣唐使の帰りの船を使って来日したのじゃ。つい十年前の話だ。鑑真和尚は来日するために何回、海を渡る計画をしたと思うか？」

「海を渡るのは危険なことですからね。三回ほどでしょうか？」

「違う。海を渡る計画は六回もしたのだ。その六度目の航海でやっと日本に来たのだ。このご苦労がわかるか？」

「一つのことを成し遂げるのに六度も挑戦したのですか？　正に不屈の精神ですね」

「そうだ。何かを成し遂げるには、石のような強固な意志が必要だ。わっはっは！」

「もしかして、石と意志をかけていますか？　さすが当代一の知識人の吉備様ですね」

ヤカツグはクスクスと笑う。

「わしは、軍略だけでなく唐の政治も学んだぞ。また数々の歴史から、様々な逸話も聞いておる。石上殿は見所がありそうだ。時間を見て色々教えてやろう」

ヤカツグは吉備に何度もお礼を伝えた。

玄宗《げんそう》と楊貴妃《ようきひ》

官庁で吉備《きび》とヤカツグは度々会うようになる。お互いひとしきり政務を終えると、時間を見つけては知識の交換をした。

「今日は、どのようなお話を聞けるのでしょうか?」

そう尋ねるヤカツグに、吉備は平城宮《へいじょうきゅう》の官庁の部屋を見渡しながら、

「本日は、唐の話とその皇帝の話をしてやろう。唐の都、長安《ちょうあん》はこの平城京《へいじょうきょう》の四倍である。中央の朱雀《すざく》大通りは幅一五〇メートル、都を囲む城壁の高さは五メートルもあるのだ」

とヤカツグに誇らしげに言う。

「唐は全てが壮大なのだ。唐の玄宗《げんそう》皇帝も立派なお方だったぞ。黒い冠に真っ赤な官《かん》

服《ふく》を着て、いつも堂々としていた。民の意見をよく聞き、思いやりがあった。玄宗皇帝の統治時代は〝開元《かいげん》の治《ち》〟と言われ、最も政治が安定した時代だったのだ」

吉備は若い頃を思い出しながら、異国の地である唐で過ごした日々を懐かしむ。

「しかし、人間というのは不思議なもので、あんなに立派な玄宗皇帝も途中から気が抜けたように腑抜《ふぬ》けになってしまったのだ。あれは、楊貴妃《ようきひ》という妃が来てからのこと。玄宗皇帝は政治を忘れて、毎日その妃と悦楽《えつらく》の日々を過ごしていた。妃は琵琶を始めとした音楽が得意で、左旋右転《させんうてん》する舞いも美しいものだった。絶世の美女とは、まさに楊貴妃様を指す言葉だな」

「そんなに綺麗な方だったのですか？　名君と言われた皇帝もその美しさに魅かれてしまったのですね」

ヤカツグは興味を持って聞いていた。

「美女に恋着《れんちゃく》した皇帝の最期はどうなったと思うか？」

吉備は問答のように、言葉を投げかけた。

「国破れて山河あり……ですか？　確か唐の稀代《きだい》の詩人、杜甫《とほ》の詩を聞いたことがあります」

「お主、よくその詩を知っているな。杜甫は〝詩聖《しせい》〟と呼ばれる大詩人だ。学ぶところは大いにあるぞ。人の世は、かように変化するが、山や川は元の自然のまま、いつまでも変わらず存在しているということじゃ。安禄山《あんろくざん》という家臣が政治を放った玄宗皇帝に愛想をつかして反乱を起こし、都の長安は反乱軍に占領されてしまったのだ。都を追われ逃亡する玄宗皇帝は、家来に言われてその災禍を招いた楊貴妃に泣く泣く死を命じたのじゃ。楊貴妃が亡くなった時、以前二人で仲良く食べていたライチが届き、玄宗皇帝は大泣きしたのじゃよ。悲しい話であろう?」

「皇帝は、政治を取るか愛を取るか迷ったのでしょう。何を志すかによって運命は変わるものなのですね」

ヤカツグは唐で起きた壮大な物語に、心を深く揺り動かされていた。

話し好きの吉備は、老齢にもかかわらず精力的にまだまだ話し続ける。

「玄宗皇帝と言えば、皇帝の病気を治した道教《どうきょう》の神、鍾馗《しょうき》との話もあるぞ」

「鍾馗様の話ですか？　是非聞かせて下さい」

「ある時、皇帝がマラリアにかかり、床に伏せていた。その時に高熱の中で夢を見たのだ。どこからともなく現れた大鬼の姿をした鍾馗は、皇帝を苦しめる小鬼を次々と成敗した。皇帝が鍾馗に尋ねると、『私は唐の初代皇帝に手厚く葬って頂いたので、その子孫である玄宗皇帝を助けに来た』と言って病気を治してくれたそうなのだ。鍾馗は唐の初代皇帝に弔われた後、道教の神になったとか。その後、神となった鍾馗様は〝厄除け〟や〝疫病除け〟、〝学問成就〟の神様として祀《まつ》られているそうじゃ」

興奮して話す吉備は、口の中がカラカラに乾いていた。

——先日お会いした鍾馗様のことだ。話の続きというのは、この話のことであったのだろう。

実物の鍾馗を見たことがあるヤカツグは、大鬼という表現がピッタリだと思った。

「吉備様、本日は素晴らしいお話をありがとうございました。また、色々教えてください」

とお礼を言い、部屋を出ようとしたヤカツグに、

「明日も仕事が終わったら、話を聞かせてやるぞ」

吉備は明日も楽しみだという顔をして、ヤカツグを見送った。

阿倍仲麻呂《あべのなかまろ》と三笠山

稲作が終わり、空いた田にコスモスを植える十月。官庁を退出したヤカツグは、吉《き》備《び》の家を訪れた。

吉備は、季節野菜と鶏肉を牛の乳で煮込んだ鍋を振舞い出迎えた。

「よく来たな。この鶏肉と牛の乳の鍋は旨いであろう。石上《いそのかみ》殿はどんな料理がお好きかな？」

吉備は相好《そうこう》を崩してヤカツグを歓迎した。

吉備の家に、団らんと共に温かい湯気が広がった。

「私は車エビが大好物でして、他には干し蛸《たこ》も目がないです。そうですね、海の物は全般的に好きですかな。ハハハ」

「そうか。わしは、ハスの実入りご飯が好きでのう。朝から鴨とセリの汁と共に食べる時もあるぞ。ハハハハ」

「吉備様の元気の源は、その食欲かもしれませんな。ハハハ」

ヤカツグも思わず顔を崩す。吉備の自宅は、笑いに包まれていた。

「そうだ。食は体の源であるからな。石上殿も沢山食べて精を付けるとよいぞ。わっはっは」

「この都は豊かでありますな。ナスとウリを漬けた漬物や干柿や草もち、煮あずきなどの菓子も豊富です」

「今度、石上殿が好きな珍しい海の幸を届けよう！　二枚貝とホヤの和え物やナマコの煮物、塩ウニなどは大変美味であるぞ」

〝肝胆相照《かんたんあいて》らす〟という言葉は、二人のためにあるようであった。

お互い気づかないうちに、仏教の教えである〝布施《ふせ》〟のやり取りをしていた。眼施《がんせ》（好ましい眼差）や和顔施《わがんせ》（笑顔）、言辞施《ごんじせ》（柔らかい言葉遣い）、心施《しんせ》（相手に共振)。

金銭や衣料食糧などを施すばかりが布施とは限らない。仏の教えを説くことも布施である。

また、これらのような財物を伴わない温かい〝心の交流〟も布施である。

この心の交流が、他人を幸せにし、自分も幸せにするのであった。


吉備は自身の乗った遣唐使船のことも教えてくれた。

「石上殿も詳しいであろうが、実際に乗った遣唐使船のことを教えてやろう。三〇メートルほどの小さな船で大海を渡る心細さは、乗った者でないと、あの気持ちはわかるまい。運を二枚の帆に任せているようなものじゃ。順風であれば、帆を広げ、嵐になれば帆を下げる。正に人生のようじゃ。ハハハハ」

当時の帆は網代帆《あじろほ》と呼ばれ、竹や葦を薄く削った網代を、縛って繋ぎ合わせた堅い帆であった。

「やはり航海は、そのように心細いものなのですね。他にも船のことを教えてください」

「石上殿の探求心は尽きることがないのう。その探求心が大きく成長する元であるぞ。知っての通り、甲板の上には部屋が三つあり、一つは多くの兵たちが寝泊まりする雑居部屋。もう一つは、賄《まかない》を食べる部屋。ここでは火を使ってお湯を沸かし、干し飯《ほいい》や干物を温めて食べたものじゃ。最後の部屋は、我々のような大使や副使が使う部屋じゃ。石上殿も予定通り遣唐使船に乗っていれば、そこを使っていたかもしれないのう」

「本当にあの時は悔しい思いを致しました。嵐の時はどのように対処したのですか？」

「先ほど話したように、海の上では帆を下げる以外はどうにもならん。陸地近くで嵐に会った時は、船を陸に近づけ、碇《いかり》を沈めて風や海流に流されないようにするのじゃ。碇を海底の木や石に付けると良いぞ。以前の北路の時は、半島沿いを通っていたので、陸に寄ることもできたのだが。そうそう、碇と怒りは〝しずめる〞に限るな。はっはっは！」

「吉備様、今晩も知恵が冴えますな。ハハハ。ところで進む方向は、どのようにして定めるのですか？」

「陸と違って海上には何も頼るものがない。頼りは、日や月や星を見るしか方法はないのじゃよ。空に浮かぶ〝日・月・星〟がいかにありがたかったか、石上殿に想像できるかな？」


食べ物や遣唐使船などの話に花が咲き、吉備は最後にこう話した。

「わしの聞いた珍しい話は、次で最後だ。どの話もためになったであろう」

「はい。どれもとても勉強になっております。いつも貴重なお話を聞かせて頂き、ありがとうございます」

最後の話とは、どのような内容だろうかと、ヤカツグはワクワクしながら、大先輩である吉備の話を聞いた。

「石上殿は、遣唐使として留学した阿倍仲麻呂《あべのなかまろ》を知っているか？　わしも彼と同じ時期に唐にいたことがある。彼は玄宗皇帝に気に入られて、四十七年もあちらにいることになるのだ」

今日も弁舌が冴える吉備は続ける。

「一度だけ、日本へ帰国する機会があった。しかし、彼の船は難破し、また唐に戻ってしまったのだ。わしも帰国した時は、他の船は難破し、わしの船だけが、なんとか日本に着いたこともある。異国の地に行くことは命懸けなことじゃ」

頷《うなず》くヤカツグに、

「阿倍は残念であろう。帰国の船に乗る前に唐で開いた送別の宴で、このような和歌《うた》を作ったのだ。よく味わって聞くが良いぞ」

天の原　ふりさけ見れば　春日なる
三笠の山に　出《い》でし月かも

「天を仰いではるか遠くを眺めれば、月が昇っている。あの月は奈良の春日にある三笠山で見た月と同じ月なのだな、という阿倍の望郷の想いが込められているのじゃ。阿倍は杜甫《とほ》の他にも〝詩仙《しせん》〟の李白《りはく》、〝詩仏《しぶつ》〟の王維《おうい》とも親交があった日本の傑物《けつぶつ》だ。王維は書家としても有名じゃ」

――阿倍様は、この国に帰りたかったのに帰れなかった。阿倍様と親交があった詩人の杜甫・李白、書家の王維……阿倍様が命を懸けてまで、この国に伝えたかったことは、何であったのであろう。阿倍様は唐の律令などの政治体制をこの国に伝えたかったのだろうか？　経典など宗教のことを伝えたかったのだろうか……。もしかしたら、唐代随一の文化人たちとの交流で得た唐の文化を伝えたかったのではないだろうか？少ないながらもこの国に伝わる資料を元に、文化を研究して私はこの国の文化を発展させていきたい。そのために私は、詩人や書家、このような人物になりたい。また、偉人のことや古今の物語を研究する歴史家にもなりたい。

吉備との交流でヤカツグは、心の中に自分の進むべき道を発見しつつあった。

月読命《つきよみのみこと》

「三笠山に出《い》でし月かも……遣唐使の阿倍様は、今も故郷に帰れずに遠い異国の地にいるのだな」

感慨深く歌を口にしていたヤカツグは、大和平城京《へいじょうきょう》の自宅の縁側から、三笠山の上に出ている満月を見る。

(阿倍仲麻呂《あべのなかまろ》が詠んだ三笠山は、春日山の一部の『御蓋山《みかさやま》』だが、ここでは現在の若草山を三笠山とする。御蓋山は、奈良時代に神である建御雷神《たけみかづち》が、鹿島神宮《かしまじんぐう》から頂上に降りたことから、遣唐使の無事を祈る儀式をしていた聖なる場所であった。阿倍仲麻呂は、そこで行った儀式のことを思い出していたのかもしれない。建御雷神は、御蓋山の頂上である浮雲峰《うきぐものみね》に、柿の杖《つえ》を手に白鹿の背に乗って、天から降りられた。そのため、鹿が神聖なる生き物として伝えられているのである)

木が生えておらず、芝で覆われた三笠山は、まるでウサギの毛のように柔らかそうだった。

「あの月も阿倍様が詠んだ月と同じ、月はいつでも我々を見ているのだな」

そうヤカツグが独り言を言っていると、遠い空から鈴の音が聞こえてきた。

リン♪　ピチャン　リン♪　ピチャン
よく聞くと鈴の音に続いて水の音もする。

その神秘的な音色は、水を琴で弾いたようなきれいな音色であった。

リン♪　ピチャン　リン♪　ピチャン
音はいつまでも続いている。

音に集中していたヤカツグの目の前に、黄金《おうごん》に輝く衣をまとった、美しい顔の男性が現れた。

その男性は地上から人の背ほどの高さに浮いている。頭には紫色の大きな冠をかぶり、黄金の衣の上に、青と黄色の衣を羽織っている。

「なんてきれいな御方《おかた》なのだろう」

ヤカツグがその鮮やかな姿に見とれていると、その若い男性は話しかけてきた。

「そなたは月に興味があるのか？」

「はい。月はその美しい姿でいつも我々を見守ってくれています。満月になると縁側からこうして眺めているのです」

「そうか。それは嬉しい。我が名は〝月読命《つきよみのみこと》〟、月の神である。そなたは我が姉〝天照大御神《あまてらすおおみかみ》〟の娘、宗像三女神《むなかたさんじょしん》とも会ったそうだな？」

「はい。左遷され大宰《だざい》に住んでいた時、那《な》の津《つ》の海で末姫《すえひめ》の市《いち》様と次姫《つぎひめ》の多岐《たき》様にお会いしました」

「それは何よりである」

月読の声は竹の中を清水が流れるような厳《おごそ》かで気高《けだか》い声であった。

起死回生の剣《つるぎ》

ウサギのような影をもつ黄金色《こがねいろ》をした十月の満月は、そのまん丸の輪郭をくっきりとさせている。

その月の色そのものの衣装を身にまとった月の神に、ヤカツグが敬服していると、月の神である月読《つきよみ》は話しかけてきた。

「そなたは、我が姉の子孫である天皇家を代々補佐してきた物部《もののべ》の末裔《まつえい》であるな。そなたの祖父麻呂のことはよく知っているぞ。かぐや姫が地上に降りた際には、求婚してきたのであったな。レイレイレイ」

月読は鈴音のような澄んだ声で笑う。

「やはり、かぐや姫のお話は本当の出来事だったのですか？　月と地上は繋がっているのですね」

ヤカツグは仰天し、目を白黒させて返答した。

「物部の歴史を知っておるか？　実は物部氏も我が姉、天照大御神《あまてらすおおみかみ》の子孫であるのだ。天皇家や我々神々とは遠い親戚のようなものであるな。特に物部氏は大伴《おおとも》氏と並んで軍事に強く、今までよく天皇家を支えてくれてきた。ありがたいことよ」

時空を超えて全てを知っている全知全能の神、月読はヤカツグに感謝の意を伝える。

「畏《おそ》れ多いことです。祖父や父は立派に務めを果たしましたが、私はまだ世の中の役に立つことを何もしていません。最近、少しずつ自分が何をしたいのかも見えてきました。実は詩人や書家、歴史家になりたいとも思っております。その一方で出世して天皇陛下を支えていきたいという思いもあります。私はどのように進むべきでしょうか？」

神の前でヤカツグは思わず、胸中を吐露《とろ》した。

「少しずつ成長していけば良いのだぞ。常に平常心で物事を落ち着いて見て、自分を許すのだ。わかるか？」

大切なことを教えてくれた月読は、聖《きよ》く優しい声で最後にこう付け加えた。

「これからも天皇家を支えてくれ。今後、そなたはどんどん成長していくぞ。そうだ、そなたに物部氏に代々伝わる宝剣である、この〝七支刀《しちしとう》〟を授けよう。この剣は、儀式や祭事に使う剣で人は斬れない剣である。そなたが危機に陥った時に何かの役に立つであろう。そなたにとっては、起死回生《きしかいせい》の剣《つるぎ》になるぞ」

ヤカツグが月読から賜ったその起死回生の剣《つるぎ》は、全長八〇センチほどで、六つの枝《えだ》刃《は》が左右互い違いに付き、鈍い光を帯びていた。

称徳天皇《しょうとく》

――道教《どうきょう》の神である鍾馗《しょうき》様に宗像三女神《むなかたさんじょしん》の末姫《すえひめ》の市《いち》様、次姫《つぎひめ》の多岐《たき》様、月の神である月読命《つきよみのみこと》様。次々と畏れ多い神々に接することができ、自分はなんと幸せ者だろう。

平城京《へいじょうきょう》に帰京して二年経った七六六年、ヤカツグは遂に天皇に会える位である〝参議《さんぎ》〟に昇進した。

「これからどんどん出世して天皇陛下を支え、詩や書の道を極めていこう」

ヤカツグは、若い頃の迷いがちな性格から打って変わり、自分の進むべき道をはっきりと自覚していた。

正月、平城宮《へいじょうきゅう》の最も格式が高い大極殿《だいごくでん》から、女帝が勤務する役人たちに手を振っていた。

女帝とは、孝謙《こうけん》上皇が重祚《ちょうそ》（同じ方が再び天皇になる）して称徳《しょうとく》天皇となった方である。

大極殿の屋根の両脇には黄銅色の鴟尾《しび》（後の世で言う鯱《しゃちほこ》）が輝く。

役人たちは威儀を正して黒い冠をかぶり、背筋《せすじ》を伸ばしている。

役人たちが着る桃色や水色の着物は、宮殿をより鮮やかにしていた。これらの服装は、身分によって配色や生地、模様が細かく決められている。


元日の〝朝賀《ちょうが》〟と呼ばれるこの儀式は、毎年行われる。

大極殿の前面には七本の旗が立ち並び、中央の旗には、初代神武《じんむ》天皇を大和《やまと》に道案内した〝三本足のカラス〟の絵が描いてある。

その左右には、日と月の旗。

『古事記』に登場する導きの鳥である〝八咫烏《やたがらす》〟の旗と日の旗は、金色。月の旗は銀色に光り輝いている。

さらにその脇に朱雀《すざく》、青龍《せいりゅう》、白虎《びゃっこ》、玄武《げんぶ》の四神獣《ししんじゅう》の旗が立っていた。旗からは神《しん》獣《じゅう》の尾のように伸びた織布《おりぬの》が、心地よい風になびいている。

七本の旗は六メートル間隔で、きちんと立ち並ぶ。

「なんとも晴れ晴れしい様子だ」

清らかな心になったヤカツグは、真っ直ぐにそれらの旗を見た。


元旦の朝賀の後、女帝の称徳天皇は臣下《しんか》である公家衆を新年の宴に招いた。

その中には、参議となり天皇に拝謁《はいえつ》できる地位になっていたヤカツグもいた。

称徳天皇は、宴に参加している公家一人ひとりに声をかける。

女帝がヤカツグの前に来た時、ヤカツグは平伏した。

「其《そ》の方は、物部《もののべ》一族の石上宅嗣《いそのかみのやかつぐ》であるな。苦しゅうない。面《おもて》を上げよ」

「畏れ多いことでございます」

ヤカツグは再び、平伏する。

「これからも朕を支え、忠勤に励め」

淑《しと》やかな面持《おもも》ちで称徳天皇は、堂々としていた。

物部氏は代々、天皇が即位後、最初に行う新嘗祭《にいなめさい》＝大嘗祭《だいじょうさい》で、宮門の威儀《いぎ》に立つ。

大楯《おおたて》を持ち、弓の弦《げん》を鳴らし悪霊《あくりょう》を追放する儀式を行う役目を務めていた。

この呪術《じゅじゅつ》にたけ、武門《ぶもん》の棟梁《とうりょう》であった物部氏が、後の〝武士《もののふ》〟の原型であるとも言われている。

道鏡と会う

平城京《へいじょうきょう》に今年初めての雪が降る。

「どうか良い年でありますように」

ヤカツグは雪を見ながら願った。

太政大臣の藤原仲麻呂《ふじわらのなかまろ》がいなくなった今、政治権力の中枢にいる人物は、怪僧の道鏡であった。

一介の僧である彼は、孝謙《こうけん》上皇の病気を治したことから女帝に重用され、法王という前代未聞の地位にまで昇り詰めたのである。

今日ヤカツグは、その道鏡と会うことになっていた。

会見場所は二年前に孝謙上皇がこの平城京の右京《うきょう》に建立した〝西大寺《さいだいじ》〟である。

東の東大寺、西の西大寺と大きな寺が都をより立派にさせていた。

東大寺は、孝謙上皇の父である聖武《しょうむ》天皇が建立した。大仏殿の大屋根の中には、高さ約一六メートルもの金銅《こんどう》色に輝く巨大な大仏が鎮座《ちんざ》している。

この巨大事業もまだ、十四年前に終えたばかりで、さらに大仏殿の両隣には、高さ一〇〇メートルもある七重塔が最近、完成したのである。

それに負けじと、称徳《しょうとく》天皇が発願し建てられた西大寺も本堂をはじめ、四王堂《しおうどう》など百十数の堂舎が甍《いらか》を並べていた。

父の聖武天皇が作った東西の塔に倣《なら》い、西大寺にも二つの五重塔があった。

ヤカツグは西大寺の本堂に着き、上質な木材で張りつめてある板の間に座った。

蝋燭《ろうそく》の火が、壁一面に置かれた黄土色《おうどいろ》の〝百曼陀羅尼《ひゃくまんだらに》〟を映し出す。

この百曼陀羅尼は、称徳天皇が恵美押勝《えみのおしかつ》の乱（藤原仲麻呂の乱）で亡くなった人々の菩提《ぼだい》を弔うと共に、鎮護国家《ちんごこっか》を祈念するために発願《ほつがん》したものである。

この二〇センチほどの木製の三重小塔の中には、世界最古の印刷物とも言われる、陀羅尼経《だらにきょう》が書かれた巻物が入っている。

称徳天皇は、この小さな塔を、文字通り百万個も五年間に渡って作らせ続けた。

この小さな塔は、東大寺や西大寺を始め、興福寺、薬師寺、法隆寺、四天王寺など当時の大きな寺に幾つも納められたのである。

称徳天皇と道鏡禅師の指示で制作されたこれらには、二人の深い鎮魂の思いが込められている。

繊細で、父親譲りの熱心な仏教崇拝の心を持つ称徳天皇を、道鏡禅師は心の底から支えていたのである。

ヤカツグが揺らめく蝋燭を見つめ、その後、目を閉じ待っていると、奥から茶色の法衣に黄金色《こがねいろ》の袈裟《けさ》をかけた法王〝道鏡〟が、従者に導かれてやってきた。

頭は剃り上がり光輝《かがや》いている。

「お初にお目にかかります。参議《さんぎ》の石上宅嗣《いそのかみのやかつぐ》と申します」

ヤカツグは一通り挨拶を済ませると、思っていたより物腰柔らかな方だと感じた。

――世間では、成り上がりの僧のくせにという批判が多いが、落ち着きがあり、しっかりとしている。

会見は直ぐに終わると思っていたが、道鏡は上機嫌で話は膨らんだ。

「ヤカツグ殿は物部《もののべ》の出身であるか？　拙僧《せっそう》も遠く辿れば物部の一族であるぞ。今日は愉快だ」

片手に持った扇子で顔を隠しながら、「おほほ」と道鏡は笑う。

西大寺

「ヤカツグ殿、この西大寺はのう。かの藤原仲麻呂《ふじわらのなかまろ》の乱を平定することを祈願して、称徳《しょうとく》天皇が創建したのだ。東大寺のような巨大な大仏様はおられないが、ここにも四天王像という仏様を守る立派な守護神がおられるぞ」

「四天王とはどういう方を言うのですか？」

道鏡の屈託のない態度につられて、ヤカツグも自分の役職の立場を忘れて話しかけた。

「興味があるか？　今から共に像の所に参ろう。拙僧《せっそう》が解説してやるぞ。ほほほ」

道鏡は、また取り出した扇子で顔を隠して笑う。

二人は本堂を出て、壁に囲まれた参道を通り、四天王が立ち並ぶ〝四王堂《しおうどう》〟に向かった。

人々が行き交い賑わう平城京《へいじょうきょう》の中にいるとは思えないほど、西大寺の中は静かであった。

西大寺は、都の西北の一番端に位置する。

辺りは、静寂に包まれていた。


四王堂に着くと、中には小鬼を踏みつけている、鎧をまとった四体の屈強な武神の像があった。

「これが先ほど話した四天王である。立派であろう。この四天王は足下から来る邪鬼を抑えているのだ。世の中に鬼が出てこないように身を張って防いでいる。ありがたいであろう。拙僧もこのように、天皇陛下を守る四天王の一人になりたいものだ」

道鏡は、澄んだ声でヤカツグに語りかける。

「私も天皇陛下を守りたいという気持ちは、同じでございます」

仏様の東西南北を守る軍神である持国天《じこくてん》や増長天《ぞうちょうてん》、広目天《こうもくてん》、多聞天《たもんてん》（毘沙門天《びしゃもんてん》）を見上げながら、道鏡とヤカツグは心を一つにしていた。

――道鏡様は、なんと立派な方なのであろう。

ヤカツグは、会う前と実際会った後で、法王道鏡に対する考えが百八十度変わっていた。

——道鏡様は、大樹の幹のように芯がある。道鏡様の振る舞いの根本となっている仏教をもっと学びたい。

ヤカツグは、また一つ自分の志《こころざし》を見つけた。

法王道鏡

冴え渡る空に梅の香りが漂う平城京《へいじょうきょう》の官庁でヤカツグは吉備《きび》と話す。

「法王道鏡に会ったのか？　どうであった？」

眉の上に雪が積もっているような顔の吉備が、ヤカツグに話しかけた。

「聞くのと会うのでは、全く違う印象でした」

ヤカツグは吉備に素直に伝える。

「そうか。お主はまだ若い。一度会って良い感じを受けても、人を簡単に信用してはならぬぞ」

吉備は父親のような態度で、ヤカツグに諭《さと》すように接してきた。

「私はどのように道鏡様が法王になったのかよく知りません。吉備様教えて頂けますでしょうか？」

「知っての通りわしの話は長いぞ。飽きずに聞けよ」

そう言うと吉備は、しわがれた声で話し始めた。

「道鏡は高僧義淵《ぎえん》の弟子で、良弁《りょうべん》から梵語《ぼんご》（サンスクリット語）を学ぶ。禅に通じていたため、宮殿の仏殿に出入りしていた……」

ここまでは、普通の話。道鏡が急激に出世したのは、孝謙《こうけん》上皇（後の称徳《しょうとく》天皇）を看病し、道鏡の力で見事その病を治したからだった。

それ以来、孝謙上皇の寵愛《ちょうあい》を受け、瞬《また》く間に当時の太政大臣である藤原仲麻呂《ふじわらのなかまろ》の座を脅かす地位まで昇り詰めたのである。

仲麻呂は孝謙上皇に道鏡を退けるように言上《ごんじょう》するが、上皇はその申し出を断る。これにより、孝謙上皇と仲麻呂の関係は悪化した。

焦った仲麻呂は道鏡と孝謙上皇を除こうと軍を起こすが、その上手《うわて》をいく上皇に討ち果たされたことはご存じの通りである。

孝謙上皇は仲麻呂がいなくなった政務を、前にも増して道鏡に任せるようになった。

孝謙上皇は、道鏡の導きにより、心の平和を作り出す仏教を信奉し、心の底から仏教中心の政治を推し進めていった。

その後、道鏡は仲麻呂の後の太政大臣になり、ついには臣下としては異例の法王にまでなったのである。

孝謙上皇は、西大寺の四天王像の鋳造に対して、自ら灼熱《しゃくねつ》の銅を攪拌《かくはん》するほど、全身全霊で仏教を信じていた。

——法王道鏡様は、天皇陛下を支える四天王の一人になりたいと仰《おっしゃ》っていた。裏があるお方とは思えない。しかし吉備様の言うように、しばらくは様子を見ていくことも必要なのかもしれない。

ヤカツグは、物事を瞬時に判断しないという、長い目で見る知恵も身に付けていった。

月読《つきよみ》神社

年が暮れようとしていた七六八年十二月、ヤカツグは京の月読《つきよみ》神社に向かっていた。

向かい風が冷たく頬を刺し、足元も深々と冷えてくる。

月読神社は本拠地の壱岐《いき》から勧進《かんじん》（分祠《ぶんし》）された神社で、松尾山麗《さんれい》のふもとにある。祭神はあの月の神である月読命《つきよみのみこと》だ。

——月読様に頂いた〝起死回生《きしかいせい》の剣《つるぎ》〟を使うことがあるのだろうか？　使うとしたらいつ使うのだろう。そうだ、月読様が祀《まつ》られている月読神社に詣《もう》でれば何かわかるかもしれない。

檜《ひのき》の皮でできた屋根がある本殿に着くと、ヤカツグはお参りをした。

ヤカツグが月読神社の鈴を鳴らした時、前にも見た光景である桃色の花びらが、空から降りてきた。

「ヤカツグ様、お久しぶりです」

その聞き覚えのある声は、宗像三女神末姫《むなかたさんじょしんすえひめ》の市《いち》であった。

ポロローン♪　ポロローン♪

変わらぬ琵琶の綺麗な音色が聞こえる。

「市様、またお会いできるとは思っていませんでした。市様に会ってから、次姫《つぎひめ》の多《た》岐《き》様や月読命様といった不思議な神様たちに会って来たのですよ」

ヤカツグは、末姫の市との再会で嬉しそうに話す。

「様々な人や神との出会いがあなたを強くさせているようですね。出会いは必然で、どんなことも無駄がないのです。一見、関係ないと思うことも全て必要な経験なのですよ」

ウサギのようなフワフワした姿からは想像できない、しっかりとしたことを市は話す。

「お姉様の多岐が言っていたように、私たち姉妹は、未来が読めるのです。次に〝ある事件〟が起こります。そこで、ヤカツグ様の出番が来ますので、存分に活躍して下さい。あなたは呪術を使って悪霊を祓《はら》うことができる〝物部氏《もののべ》の子孫〟なのですよ。何が起きても真正面からそれに向かい、自分の力を発揮して下さいね」

「月読命様から起死回生の剣を頂いたのですが、何か事件と関係がありますか？」

ヤカツグがそう聞いた時、既に末姫の市の姿は見えなかった。

――ある事件……呪術を使って悪霊を祓う？　自分の力とは？

ヤカツグが考えていると、月読神社がある松尾山の山際に茜色《あかねいろ》の夕日が沈もうとしていた。

遠くに見える山里には、白雪が降り積もっている。

やがて、西の空を焼き尽くしてしまうような真っ赤な夕日が沈んだ。辺りはしんと静まり返っていた。

仲麻呂《なかまろ》復活

日本最大の湖、〝近江の海〟(琵琶湖)。

悠々と水をたたえ、四方を山々や田に囲まれている百万年の歴史を持つ湖だ。湖上には白い鶴や鷺《さぎ》が優雅に泳ぎ、水面を穏やかに揺らしている。空にはたくさんの水鳥が飛ぶ。

天智《てんち》天皇は、大和から都を近江の海のほとり、大津《おおつ》(滋賀)に定めたこともある。即位前に中大兄皇子《なかのおおえのおうじ》と呼ばれていた天智天皇は、初代藤原氏の藤原鎌足《ふじわらのかまたり》と共にここで政治を行った。そのため、藤原氏にとって近江の海は、ゆかりの深い土地であった。

近江の海に面する霊峰伊吹山《れいほういぶきやま》には雪が積もり、樹氷が煌めいている。

そんな平和な風景が一瞬にして変わった。空は曇り、雷鳴が轟《とどろ》く。雨雲の近くでは、雷が恐ろしい光を発している。

湖上や空を飛ぶ水鳥たちが一斉に山へ避難した時、急な西岸に対して緩やかな東岸に黒く蠢《うごめ》く生き物がいた。

その生き物は右に左に体をくねらせながら地を這う。大きさは三メートルあるであろう。

「我は藤原仲麻呂《ふじわらのなかまろ》、人間の私を討ち果たした孝謙《こうけん》上皇（称徳《しょうとく》天皇）をどこまでも追ってやる」

近江の海で死んだはずの仲麻呂が、地の底から大蛇となり復活したのだ。

どうやって亡くなった人間が蛇になり、意識を取り戻したのかは、わからない。とにかく仲麻呂は大蛇とは言え、蛇の小さな頭で史上最大の悪巧みを考えていた。

「孝謙上皇を食べてしまえば、事が終わるわけではない。また俺を追い落とすことになった原因の道鏡も憎らしい。そうだ！　いっそのこと道鏡を天皇にして、今まで代々続いてきた天皇家を追い出そう」

大蛇になった仲麻呂はとぐろを巻き、二股に分かれた舌を出し入れした。その口の中には毒をもつ鋭い牙を隠している。

大蛇は近江の海を勢多川《せた》（瀬田川）に沿って南下した。途中、勢多の橋を見て、

「吉備《きび》がここで橋を焼いたため、俺は逃げ延びることができなかった。吉備も血祭にしてやる。俺は復讐する相手が大勢いる」

興奮しながら、大蛇は勢多川下流の宇治川を頼りに、さらに移動する。

宇治川を北西に進み平地の長岡辺りで、三本の川が合流する山崎に出た。そこで木《き》津川《づがわ》に入り、再び進路を南に取る。

「水に沿って行かなければならないが、近江《おうみ》から大和は随分遠いな」

文句を言いながら、大蛇はいそいそと進んだ。

平城京《へいじょうきょう》を作るために木材を陸揚げした木津に着くと、大和の春日山が見えた。

「へっへっへっ。やっと平城京が見えてきた。まずは道鏡を探そう」

大蛇はそう言いながら、下水から都に忍び込む。そして、道鏡が現れるのを興福寺《こうふくじ》五重塔の前面にある柳に囲まれた猿沢池《さるさわいけ》で潜み待った。

すると濁らず澄まずの猿沢池が、みるみると濁っていった。

「興福寺は、俺の祖父、藤原不比等《ふじわらのふひと》が建てた藤原氏ゆかりの寺。もう一度藤原の世

を作り出すのだ。藤原の底力を見せてやる」

池の奥で、大蛇の仲麻呂はそう叫んだ。


ある日、道鏡は興福寺猿沢池を訪れた。

「この池を覗くと自分の未来が見えるという噂を聞いた。法王にまでなった拙僧は、これからどのような道を辿るのだろうか？」

道鏡が猿沢池を覗いた時、池に映った自分の顔が蛇に変わった。

「これはどういうことだ。拙僧は、蛇になるのか？　この姿は何の意味を示しているのだ」

驚く道鏡に向かって、池の奥深くから大蛇の仲麻呂が這《は》い出てきた。

「法王道鏡様、私は神の使いの蛇でございます。これから神のお告げを伝えますので心してお聞き下さい」

大蛇の仲麻呂は自分が何者であるか語らず、黄金色《こがねいろ》の袈裟《けさ》を着た高僧に話しかけた。

「神のお告げ？　拙僧の未来はどのようになるのでしょうか？」

落ち着き払って答える道鏡に、

「道鏡様は、天智天皇の落とし子で皇家の血を継いでいます。これから道鏡様は、天皇の位に就くことになるのです」

驚く道鏡に大蛇は話を続ける。

「天皇家は代々、男系の子孫が継いでいます。今は女帝の称徳天皇がその座に就いていますが、それは一時的なこと。次の男系の皇太子もはっきり決まっていません。天智天皇の正統なる血をもつ道鏡様こそ次の天皇に相応しいのでございます。是非、天皇の座に就いて下さい」

「確かに拙僧は、天智天皇の落とし子だ。誰も知らない、出生の秘密を知っているとは、このお告げは本物だ。そうだ、拙僧は選ばれた血筋なのだ……。しかも法王で太政大臣。今や次の天皇に一番近いところにいるではないか。神のお告げだ。よし拙僧はこの国の最高位の天皇になろう」

思慮分別がある道鏡のしわのない額に、四本のしわがくっきりと刻まれた。

宇佐八幡宮神託事件《うさはちまんぐうしんたく》

そうと決まれば話は早い。知恵の王者道鏡は、皇位を簒奪《さんだつ》するためのあらゆる手を考えた。

「東大寺大仏殿建立に大いに協力し、皇家に影響力を持っている大分の宇佐八幡宮《うさはちまんぐう》から、神のお告げを出してもらおう。そうだな。その内容は『道鏡が天皇の地位に就けば、この国は益々安泰《あんたい》になる』にしよう。神託《しんたく》には、臣下はおろか、称徳《しょうとく》天皇も逆らえないだろう」

道鏡の企み通り、七六九年五月、全国八幡社の総本宮《そうほんぐう》である〝宇佐八幡宮〟より託《たく》宣《せん》が出る。

その内容は、「道鏡を皇位に就かせたならば、国は安泰である」であった。

何も知らず独身で子がいない女帝の称徳《しょうとく》天皇は、次の天皇に自身が尊敬し、寵愛《ちょうあい》している道鏡をその座に就けようと考えた。

七月、称徳天皇は宇佐八幡宮の託宣に対してその真偽《しんぎ》をもう一度確認をさせるため、官僚の〝和気清麻呂《わけのきよまろ》〟を大分の宇佐八幡宮に派遣する。

清麻呂は、称徳天皇側近の尼増和気広虫《わけのひろむし》の弟であった。

和気清麻呂は、都を立ち十日の旅程で宇佐八幡宮に着いた。

沐浴《もくよく》をして体を清めた清麻呂は、神殿に頭を下げ神のお告げを聞く。

「我が国は国が始まって以来、天皇と家臣の立場は決まっている。家臣が天皇になることは、今までに一度もない。天皇になる者は、必ずその血を引く者を立てよ。その地位を脅かす者は、すぐ成敗すべき」

と八幡宮の神は告げた。

和気清麻呂はこのお告げを都の称徳天皇に奏上《そうじょう》した。

道鏡と称徳天皇は、清麻呂が持ち帰った内容に怒り、清麻呂に対して〝別部穢麻呂《わけべのきたなまろ》（きよいという意味の立派な名に対して、きたないという意味の言葉）を付けた。

姉の和気広虫にも別部狭虫《わけべのせまむし》という名前を付けた。

言葉には言霊《ことだま》という魂が存在すると思われていた。

二人は、さらに清麻呂を九州大隅《おおすみ》（鹿児島）へ流罪とした。

この道鏡が企てた偽の神のお告げは、誠の精神を持って国を守った、清麻呂によって見事に見破られたのである。

また、道鏡が天智天皇の落とし子ではなく、天皇の血を継いでいないことも証明された。

僧形《そうぎょう》の幻を倒す

「称徳《しょうとく》天皇、拙僧《せっそう》をお信じなさいませ」

偽の神託《しんたく》が見破られた道鏡は、尚も女帝称徳天皇を意のままに操ろうとしていた。

「拙僧の神通力で、陛下のご病気を治したのでございます。今も尚、拙僧の神通力は衰えておりません。これからいかなる難題が降りかかろうとも、この力で全ては解決できます」

道鏡を師と仰いでいる称徳天皇は迷っていた。

――このまま道鏡を信じたものか？　あるいは、宇佐八幡宮のお告げ通り、道鏡は皇家を脅かす存在なのか？　道鏡は以前も偽の情報をもたらせたことがある。あれは道鏡が法王になる前のこと。海龍王寺《かいりゅうおうじ》で出現した仏舎利《ぶっしゃり》（釈迦の本物の骨）も、実は偽物だった……あれも道鏡の弟子がでっち上げた話だった。

思い詰めた称徳天皇は、老齢ではあるが、学者上がりの知識人の吉備真備《きびのまきび》に意見を聞くことにした。この時、吉備真備は、なんと右大臣にまで昇進していたのである。吉備真備は、遣唐使留学生の中で、唐においても、その才覚を認められた二人の内の一人である。

もう一人は、故郷に帰れず、今も五十年以上、唐で役人を勤めている阿倍仲麻呂《あべのなかまろ》だった。

「吉備よ、道鏡をどのように遇すれば良いか？」

七十五歳を迎え、人生の機微《きび》に通じている吉備は言上《ごんじょう》する。

「事の次第をお調べして、数日中にご報告致します」

称徳天皇に道鏡の真偽を報告すると述べた吉備は、眉間のしわを深くしていた。

――道鏡の真偽を調べると言っても、何を調べれば良いのか？　期限は数日しかない。困ったものだ。果てどう致そうか？

悩む吉備は、

「そうだ。ここは、最近特に賢明で悟りが早くなっている石上《いそのかみ》殿に相談しよう」

と思いつき、平城宮《へいじょうきゅう》の官庁でヤカツグを見つけ話しかけた。

「石上殿、折り入って話があるのだが……」

「何でしょう？　右大臣吉備様」

右大臣吉備は、宇佐《うさ》八幡宮《はちまんぐう》事件から道鏡の真偽を確かめるように、称徳天皇に言われたことをヤカツグに話す。

「わかりました。私が事の真偽を調べましょう。数日中ですか？　期限までに必ずご報告致します」

この頃、ヤカツグは容姿も立派になり、雅やかで発言や振る舞いにも落ち着きが出てきていた。

――吉備様の手前、依頼を受けたがこれは難題だ。何か良い考えはないだろうか？

ヤカツグが、家路につきながら考えていると、

「そうだ。以前、月読神社でお会いした宗像三女神《むなかたさんじょしん》の末姫《すえひめ》である市《いち》様が、次の事件で活躍せよと助言をくれた。月読命様も危機に陥った時は、『起死回生《きしかいせい》の剣《つるぎ》を使え』とも仰《おっしゃ》っていた。今こそ、この剣を使う時だ」

大急ぎで自宅に戻り、床下から、六つの枝刃《えだは》が左右互い違いに付いている物部《もののべ》氏に古くから伝わる宝剣〝七支刀《しちしとう》〟を取り出した。

月読命から頂き、五年が経過していたその剣は、相も変わらずその鈍い光を放っていた。

「月読様は、天皇家を支えてくれとも仰っていた。あと……この剣は人を斬れないとも。何かこの事件と関係するものがあるのだろうか？　市様は、呪術を使って悪霊を祓《はら》えとも助言をくれた……」

ヤカツグは独り、問答をする。

——吉備様が私に相談してくれたのは、私を信用してくれたため。このことは、誰にも相談できない機密事項だ。私の頭の中の知恵よ。答えを教えてくれ。

ヤカツグは全身全霊で考え抜いた。

「道鏡様は法王とは言え、人。人は斬れない……人でないが斬らなければならない相手とは……悪霊とは何のことを指しているのだろうか？」

ヤカツグは考えを巡らせ、一つの仮説を導いた。

——道鏡様は、仏様のような神通力を持っている。その裏には、人知を超えた何か隠されたものがあるのではないだろうか？　よし、宝剣七支刀を持って、道鏡様にお会いしてみよう。

翌日、ヤカツグは道鏡の居場所を掴んだ。

道鏡は、大和平城京《へいじょうきょう》の興福寺《こうふくじ》五重塔の前にある猿沢池《さるさわいけ》を眺めていた。

「道鏡様、ご機嫌麗《うるわ》しゅうございます」

ヤカツグは、池のほとりから道鏡に話しかけた。

「これは、ヤカツグ殿。このような所でお会いするとは珍しい」

道鏡はいつもと変わらぬ笑みを浮かべていた。

——いつもの道鏡様と変わらない。やはり道鏡様は今まで通りの人格者なのだろうか？

ヤカツグがそう思った時、背中に隠していた〝七支刀〟が強く光り熱を帯びた。

——背中が熱い。この熱さは、刀から発せられている。一体何が起きたのであろうか？

ヤカツグは背中の七支刀から偉大な力を感じる。

「ヤカツグ殿、顔色が悪いがいかがした？」

道鏡が声をかけた瞬間、道鏡の背後の〝猿沢池〟から突然、三メートルはある黒い大蛇が現れた。

「何だ、その光は！　俺様が池にいることをその刀は知っているのか？　何という魔力だ！　俺様の力を上回るものがある」

そう言って池から出てきたのは、大蛇の幻影になって復活をした前《さき》の太政大臣藤《ふじ》原仲麻呂《わらのなかまろ》だった。

「熱い。熱い。その刀をどけてくれ。道鏡殿、わしは神の使いの蛇じゃ。お主の神通力でその刀を遠くに捨ててくれ」

大蛇の幻影は目を見開き、道鏡に命令する。

道鏡の額に、四本の横しわがくっきりと現れ、道鏡の体は身の丈九メートルにまで膨れ上がった。

「南無三……」

〃僧形《そうぎょう》の幻〃になった道鏡は、神通力でヤカツグの背中にある宝刀を吹き飛ばそうとする。

「起死回生の剣よ。物部のご先祖様、我に力を与えたまえ」

ヤカツグは七支刀を右手に取り、渾身《こんしん》の力で剣を握りしめた。その手はしっかりと握り放さない。

物部氏に代々伝わる〝悪霊を祓う呪術〟と宝剣の力が一心同体となる。

「何なのだ。この力は……」

宝剣の力に驚く大蛇の幻影、仲麻呂にヤカツグは〝七支刀〟で、仲麻呂の因縁が作り上げた〝空《くう》〟を斬った。

「うぎゃあ！　俺の正体は、神の使いの蛇ではなく、藤原仲麻呂の怨霊《おんりょう》だ。道鏡を皇位に就け、操り、俺がこの国を支配できるまであと一歩だったのに。何故見破ったのか？」

大蛇は、仲麻呂の怨念が作り出した実態がない、空《くう》の幻影であった。

悶《もだ》えながら仲麻呂は、悲痛な叫びを上げた。

すると幻影の大蛇は跡形もなく消え〝猿沢池〟が、元の鏡のような穏やかな水面に戻った。

九メートルにも膨れ上がった〝憎形の幻〟の道鏡も、元の人間の大きさに戻っていた。

同時に、額にできた四本のしわもなくなった。

夏の日差しが何事もなかったかのように、池の周りの柳を照らす。

決別

道鏡の不穏な動きの裏には、朝廷に対し反乱を起こし鎮圧され近江の海で亡くなった藤原仲麻呂《ふじわらのなかまろ》の死霊《しりょう》が関わっていた。そして仲麻呂は、大蛇の幻影になり、道鏡を操っていたことをヤカツグは、右大臣吉備《きび》に伝えた。

「道鏡様は、怨霊《おんりょう》である幻に翻弄《ほんろう》されていたのです」

「わしが倒した仲麻呂がそのようなことを。そうであろう。彼《か》の者は権力に対して、それは、強い執念を持っていたからな」

吉備は五年前の出来事を思い出す。

「真相を突き止めて頂き、かたじけない。このことを称徳《しょうとく》天皇にご報告致そう」

事の次第を右大臣吉備から聞いた女帝称徳天皇は、道鏡との〝決別〟を決断した。

十月一日、詔《みことのり》を発し、皇族や臣下に対し妄《みだ》りに皇位を求めてはならないこと、次期皇位継承者は、称徳天皇自らが決めることを表明した。

崩御

年は変わり七七〇年八月、孝謙《こうけん》天皇（孝謙上皇）、重祚《ちょうそ》して称徳《しょうとく》天皇と長きに渡り、平城京《へいじょうきょう》に君臨した女帝は崩御《ほうぎょ》された。

その〝遺宣《いせん》〟は、道鏡を下野国《しもつけのくに》（栃木）の薬師寺へ左遷させることと、皇太子を白壁王《しらかべおう》（後の光仁《こうにん》天皇）にすることであった。

自身の病を治してもらったことから、道鏡を師と仰ぎ、道鏡と共に仏教政治を行うそのお姿は尊い仏そのものに見えた。

しかし、尊敬し、寵愛《ちょうあい》した道鏡に裏切られたと感じていた称徳天皇は、誰も信用できなくなっていた。

亡くなる時に天皇の看病を許された者は、吉備《きび》の娘ただ一人だけだったのである。

称徳天皇は彼女以外、誰も寄せ付けなかった。


道鏡は罰としては軽い、下野国への左遷となった。この処遇は、称徳天皇の優しさから来た恩情であろう。

または、道鏡禅師と共に歩んだ、仏の道の日々を思い起こしていたのかもしれない。

下野国の薬師寺は、遣唐使の船で唐から来た高僧鑑真《がんじん》が戒壇《かいだん》（僧侶に戒律を授《さず》ける場所）を作った寺である。

大和東大寺の戒壇と並ぶ、東国の僧侶を統制する重要な拠点でもあった。

左遷とは言え、そのような格式高い寺の別当《べっとう》（長官）となった道鏡は、称徳天皇を偲《しの》びながら、天皇崩御の二年後に寂しく亡くなった。

友の帰京

ススキが緑の絨毯《じゅうたん》のように敷き詰められた夏が終わる。

その薄紫の穂がだんだん白く銀色の色合いに変わる九月、称徳《しょうとく》天皇崩御《ほうぎょ》に伴い恩《おん》赦《しゃ》が行われた。

その恩赦により、九州薩摩《さつま》に左遷されていたオオトモが、平城京《へいじょうきょう》に戻って来た。

ヤカツグは六年ぶりに平城宮《へいじょうきゅう》官庁で、親友オオトモと再会する。

「ヤカツグ殿、随分と立派になられた。逡巡《しゅんじゅん》していた頃の面影は、すっかりなくなっている。いやはや驚いた」

五十二歳になったオオトモは、澄んだ瞳でヤカツグに声をかけた。

「オオトモ様こそ、よくぞご無事で帰京なされた。九州薩摩の生活は長かったでしょう。お疲れ様でございました。オオトモ様がいない間に都の様子も随分変わりました。称徳天皇は崩御され、今は、次の天皇をどなたにするかという話し合いが持たれています」

四十歳を超え、まさに働き盛りのヤカツグは、屈託のない笑顔で出迎えた。

平城宮官庁では、右大臣吉備真備《きびのまきび》と従三位参議《じゅさんみさんぎ》のヤカツグが、次の天皇を誰にするべきであるか話し合っていた。

「称徳天皇は遺宣《いせん》で、次の天皇は白壁王《しらかべおう》（後の光仁《こうにん》天皇）を指名した。その遺宣に沿って、白壁王が天皇になることが物の道理ではないでしょうか？」

七十六歳で、唐でも名を轟《とどろ》かせた右大臣吉備に対しても、ヤカツグは堂々と持論を展開した。

右大臣吉備は藤原仲麻呂《ふじわらのなかまろ》の乱で、軍事面で活躍した文武両道の優れた人物である。

今までも吉備とヤカツグは古今東西の様々な話をしながら、お互いに深い交流を重ねてきた。

ヤカツグは当然、吉備も自分の意見を支持してくれると思っていた。

「石上《いそのかみ》殿、物事をそんなに簡単に決めてはいけない。事の真偽をよく確かめ、慎重に決断するものだ。このことをよく覚えておくが良い」

幾多《いくた》の死地をくぐり抜けてきたこの吉備は、頭の中に年輪を刻むがごとく、その知恵を蓄えてきた。

遣唐使として大海を渡ることは、一度行くだけでも命を落としかねない。それを二度もしてきた者である。

一度目の時は十八年も唐に滞在し、二度目の帰りの航海では共に帰京を目指した阿《あ》倍仲麻呂《べのなかまろ》の船は難破し、遂には帰国できずに今でも唐にいるのである（この年の一月に唐で七十三歳の生涯を閉じた）。

称徳天皇が崩御する前に、その女帝の看病が許されたのは、吉備の娘ただ一人だった。吉備は、そこから称徳天皇の本心を聞いていたのかもしれない。

右大臣吉備は、白壁王ではない皇族を次の天皇に推した。

——吉備様とは、長年にわたり心を通わせて語らってきた。吉備様の意見を尊重したいが、自分の信念も貫きたい。どうしたらいいものか。

最終的にヤカツグは、〝白壁王を次の天皇にする〟という意見に賛成した。それは称徳天皇の遺宣で、左大臣の藤原永手《ふじわらのながて》と同じ考えであった。

余談であるが、この時の天皇を決める評議には、〝もう一人の藤原氏〟である藤原《ふじわらの》宿奈麻呂《すくなまろ》もいた。彼は、ヤカツグが若き頃、太政大臣藤原仲麻呂《ふじわらのなかまろ》を一緒に除こうとした人物である。

当時、藤原宿奈麻呂、オオトモ、ヤカツグともう一人の協力者四人で、太政大臣藤原仲麻呂を除こうとして失敗して、四人は捕らえられた。

その時、藤原宿奈麻呂は、

「これは私一人で計画したものです」

と全ての罪を一人で被った。そのため、藤原宿奈麻呂は官位を取られ、藤原の姓も剥奪された。

この時の彼の年齢は、四十七歳。

しかし、彼はその後、仲麻呂の乱で復活し、努力の末、ヤカツグと同じ時期に参議まで昇り詰めたのであった。

そして今、次の天皇を決める重要な評定に臨席しているのである。

捕らえられた三人をかばって、〝罪は自分一人とする〟という潔い性格が、後の昇進を掴んだのではないだろうか。

藤原宿奈麻呂は、藤原良継《ふじわらのよしつぐ》と名を変え、最後は藤原氏の筆頭になり、内大臣まで昇り詰めたのであった。

光仁天皇《こうにん》

白壁王《しらかべおう》は、初代神武《じんむ》天皇から始まる、四十九代目の光仁《こうにん》天皇となる。即位した年齢は史上最高齢の六十二歳であった。

最初に行ったことは、国の一大事を守った忠臣の〝和気清麻呂《わけのきよまろ》〟を、九州大隅《おおすみ》（鹿児島）から都に戻すことであった。

清麻呂公は道鏡が皇位を奪おうとした時、自らの利益を顧みず、天皇に忠節を尽くした大英雄である。

続いて光仁天皇は、道鏡の行った仏教偏重《へんちょう》の諸制度を改め、律令《りつりょう》政治と国家財政の再建を行った。

白壁王の時は、わざと酒を飲み日々を過ごすことで、凡庸《ぼんよう》・暗愚《あんぐ》を装《よそお》っていた。

皇位に就くことは、並大抵の努力だけではできない。怜悧《れいり》な知恵も必要なのである。

ススキの穂が夕陽を浴びて黄金色に染まる七七〇年十一月。

光仁天皇（後に「平安京」を作る桓武天皇の父）は、平城京《へいじょうきょう》の大極殿《だいごくでん》の高御座《たかみくら》に座り即位した。

三月三日

光仁《こうにん》天皇が即位して三年が経った七七三年三月三日。平城京《へいじょうきょう》右京にある〝西大寺《さいだいじ》〟で宴が開かれた。

光仁天皇もその宴に臨まれた。

参加した貴族は、各々が漢詩を披露している。その壮大な景色をヤカツグが見渡すと、オオトモの姿を見つけた。

「このような立派な席に参列できるとは、夢のようだ」

オオトモも大いに喜んでいる。

「本当に夢の中にいるようだ。今日は良き日だ」

ヤカツグも杯に口をつけて感極まる。

――三月三日は、我が祖父、石上麻呂の命日。これも偶然だろうか？

西大寺の宴で、ヤカツグは漢詩を詠んだ。

三月三日　於西大寺　侍宴應詔

三昇三月啟三辰　三日三陽應三春
鳳蓋淩雲臨覺苑　鸞輿耀日對禪津
青絲柳陌鸎歌足　紅藥桃溪蝶舞新
幸屬無為梵城賞　還知有截不離眞

冬に比べて晴れが多い春の奈良盆地に、うららかな風が吹いていた。

長《ちょう》姫《ひめ》からの啓示《けいじ》

三月三日の西大寺での宴が終わり、山の上から徐々に開花した吉野の桜が散る。やがて水田には緑の早苗が映え、真っ赤なツツジが道端を彩る季節になった。

ヤカツグは藤原仲麻呂《ふじわらのなかまろ》を弔《とむら》うため、近江の海（琵琶湖）にいた。

――仲麻呂様も苦労して最高権力者になった。しかし、反乱という形でその座を失い、さぞ無念であったたであろう。

ヤカツグの心の中には様々な澱《おり》がある。しかし、表情からは平静さが感じられる。穏やかな湖面を、ヤカツグがしばらく眺めていると、その澱が流れて行くようだった。

――私の宿命は、物部《もののべ》の家系を発展させていくこと。そして、物部の先祖が今までしてきたように天皇家を支えていく。そのために私は生まれてきたのだ。……それだけではなく、自分は歴史や詩、書を学び立派な歴史家や詩人、書家になる。仏教のことも、もっと学びたい。若い頃の迷いがちな自分からは信じられないほど、進むべき道が見えてきた。鍾馗《しょうき》様や宗像三女神《むなかたさんじょしん》、月読命《つきよみのみこと》といった神々との対話や、孝謙《こうけん》上皇（称徳《しょうとく》天皇）、吉備《きび》様そして道鏡様、親友オオトモ様との交わりのおかげで私は気づいた。また、魂が震えるほどの様々な逸話も聞いてきた。〝かぐや姫〟や〝玄宗《げんそう》皇帝と楊貴妃《ようきひ》〟、阿倍様の三笠山の歌、鑑真和尚《がんじんおしょう》の不屈の精神。私は何と幸せ者だろう。

ヤカツグは自然と涙を流していた。

すると近江の海のほとりに、この季節には珍しい蝶〝オオムラサキ〟が飛んでいた。

蝶は羽を動かさずに滑るように空を舞う。

「綺麗な蝶だ」

ヤカツグが色彩豊かなその蝶に言葉をかけると、蝶は突然女性の姿に変わった。

「こんにちは！　ヤカツグさん。感慨《かんがい》にふけっているところお邪魔します。私は宗像三女神の長姫《ちょうひめ》の紀理《きり》と申します。妹たちが色々お世話になっています」

長姫は、明るい声で話しかける。

「宗像三女神には三人の姫様がいると聞いていましたが、全員とお会いすることができましたね」

ヤカツグも笑顔で応対した。

「いつもは、宗像大社《むなかたたいしゃ》のずっと北にある孤島の沖ノ島にいるのです。周りは玄界灘《げんかいなだ》に囲まれ、誰とも会わないのですよ。妹たちでさえ数年に一度しか会わないのです」

「紀理様に会えることは、そんなに珍しいことなのですね」

「そうよ。普通の人は、一生の内で一度も会うことはないと思うわ」

「そんな珍しいことが起きるなんて、幸運だ」

宗像三女神の長姫である紀理とヤカツグはそんなやり取りをしていた。

「ヤカツグさんは、自分の進むべき道が見えてきたようですね。突然ですが、あなたは特別な使命を持って、この世に生まれてきた人だということを知っていますか？」

そう言って紀理は頭にかざしてある椿《つばき》のかんざしを指す。

「私は赤い椿が好きなのですが、この花の意味を知っていますか？」

「特別な使命？　赤い椿の花の意味？」

「赤い椿には控えめな素晴らしさ、つまり謙虚な美徳という意味があるのです。あなたは物事を引っ張っていくというより、皆を下から支えていくという性格があると思うのです。その性格を活かす道も探すと良いわよ。そうね、皆が物語を読んで楽しめる〝書物〟や物事を研究するための知識の源泉である〝書物〟を揃えて、誰もがそれを見られる施設を作ったらどうかしら？」

「皆が楽しめる書物？　研究するための知識を公開する施設ですか？　確かに私は歴史や詩、書を研究したいと思っています。また、今までたくさんの物語にも接してきました。数多くの人の〝栄枯盛衰《えいこせいすい》〟も見てきました。そうか、それらの書物を並べて後の世の人にも伝えられる施設を作ろう！　教えて頂きありがとうございます、紀理様」

ヤカツグが答えた時、近江の海の晴れた空には紫色の蝶が飛んでいた。

芸亭《うんてい》図書館

その年の六月、雨がしとしとと降る中、ヤカツグは自宅の庭に咲く紫色の優雅なハナショウブを見ていた。

「あのオオムラサキの蝶と同じ色だ。宗像三女神《むなかたさんじょしん》の三人の姫様たちには、随分お世話になっているな。何故、皆私を応援してくれるのだろう?」

外の雨はまだ続いている。

――宗像三女神の長姫《ちょうひめ》である紀理《きり》様は、あの優しい心で私を信じて下さっているのだ。書物をまとめて世の中の人に見せる。このような施設を私は作ろう。そうだ、自宅を直して作れば良いではないか。

ヤカツグは、その心意気を試されているような気持ちになった。


早速ヤカツグは、大和の平城京《へいじょうきょう》左京にある自宅を改築する。自宅を「阿閦寺《あしゅくじ》」と名付け、その南東に〝芸亭《うんてい》〟を建てた。

そこに大陸の書物である〝漢籍《かんせき》〟を置き、希望する人は誰でも閲覧《えつらん》できるようにした。

当時の書物は大変貴重なものでこのような試みは、日本史上初めてのことである。

ここに蔵書を一般公開するという〝日本最初の公開図書館〟芸亭が誕生した。

所蔵されている書籍は、仏典と儒書であり、好学の徒が自由に閲覧することができた。その他、外典（経典以外の書）も並べられていた。芸亭の一角には、小山や池が作られ、竹や花も植えられた庭園もあった。

閲覧ができる場という以上の意味合いと趣を持っていた。

閲覧者の中には、後に天才文人となる〝賀陽豊年《かやのとよとし》〟もいた。彼は熱心に〝芸亭〟に通い、ヤカツグと大いに語らった。

「賀陽殿、随分熱心に勉強されていますね」

ヤカツグは、感心して自らの全知識を伝授した。他にも同じ志を持つ人々が集まり、学び議論した。

賀陽豊年は、数年にわたり芸亭に通い研究をした。この芸亭は、教育機関としての役割も果たしていた。

賀陽豊年は、当時一世風靡《いっせいふうび》していた漢詩文の文人〝淡海三船《おうみのみふね》〟をも、遥かに凌ぐ天才となるのであった。

披露

図書館を完成させたヤカツグは、親友のオオトモを〝芸亭《うんてい》〟に呼んだ。

「どうでしょうか？　ここにはありとあらゆる書物が並べてあり、好きな書物を好きなだけ読めます。オオトモ様も何か読まれますか？」

誇らしげに語るヤカツグに、

「お前はどこからこのような力が湧いてくるのだ？　歴史家や詩人、書家としてだけでなく、このような施設を作る才能を持っていたとは、いやはや驚いた」

オオトモも自分のことのように喜んでいる。

「実はオオトモ様。歴史や詩、書が書いてある〝漢籍《かんせき》〟を集めたのですが、もっと大事なことが書いてある書物を見つけたのです」

「〝大事なこと〟が書いてある書物とは、どのようなものであろうか？」

「大陸で信じられている三大宗教である儒教や仏教、道教《どうきょう》が書かれている書物のことです」

「なるほど。歴史や詩、書より大事なものとは、宗教のことであるか。宗教はどのようなことを言っているのか？」

「よく聞いて下さいました。私が思うに斬新《ざんしん》さや急進さの違いはありますが、宗教は、その根本はどれも同じなのです。上手く導いていけば最終的に目指すものは一緒。私は仏教を信仰してきましたが、その内容をより理解してもらうために儒教や道教の書物もここに揃えました。宗教の根本とは〝悟りを開くこと〟なのです。これらの書物を学んでいけば、後進の人たちもきっとその本質がわかるはずです。物事が存在するか、空虚なのかなど些末《さまつ》なことを論じて自分の志《こころざし》を滞らせることがなく、自分の欲望を捨て学問や修行に励むのです。世俗《せぞく》の苦労を超越した悟りの境地を是非、体得《たいとく》して欲しいのです」

オオトモは、ヤカツグのその熱量に圧倒された。

三辰青絲《さんしんせいし》

「ヤカツグ殿が以前、西大寺で詠んだ〝三月三日〟の漢詩は素晴らしい。あの漢詩には、何か深い意味が込められている気がする」

オオトモはヤカツグに、鋭い問いを投げかけた。

「お気づきでしたか。流石はオオトモ様。以心伝心とは、このようなことを言うのでしょう。実は、あの漢詩は三月三日が特別な日だということを伝えたかったのです。この日は〝上巳《じょうし》の節句〟と言い、無病息災を願う祓《はら》いを行う日なのです」

（ひな祭りの原型は奈良時代の次の平安時代から始まる）

「なるほど、そのような意味が込められていたのか。ヤカツグ殿は私の想像を遥かに超える人物になりましたな。ところで三月の後に続く〝三辰《さんしん》〟とはどのような意味ですかな」

「よくぞ気づかれました。実はここが、私が一番伝えたかったところなのです。〝三辰〟は日・月・星のことで、この世は日の神（天照大御神《あまてらすおおみかみ》）、月の神（月読命《つきよみのみこと》）、星の神（星を神聖なものとしてみていた鍾馗《しょうき》を含めた道教《どうきょう》の神々）様たちが作っているのです。私は幸運にも様々な神様に会って話をお聞きすることができました。この漢詩でこの不思議な体験を後世に伝えたかったのです。世の中には日・月・星の神様がいて、この三神は、神様の子孫である天皇陛下や天皇に協力する人を手助けしているのです。また、この漢詩にある〝青絲《せいし》〟とは、黒く美しい髪のこと。〝玄宗《げんそう》皇帝と楊《よう》貴妃《きひ》〟のような物語を世の人に楽しんでもらいたい。歴史や詩《し》は、人の気持ちが作ったもので、その根本には物語があるのです。歴史を学ぶ楽しさを皆に知ってもらいたいのです」

ヤカツグが詠んだ〝三月三日〟の漢詩は、後の平安時代に『経国集《けいこくしゅう》』として世に出るのであった。

三日月

自宅に図書館を作り、自分のなすべきことをやり遂げたと感じていたヤカツグは、本当の人生を歩んでいる気がした。毎日が楽しく心穏やかに生きている。

「私は若い頃、何もわからずに出世のことだけを考えていた。確かに上に昇りたいという気持ちはあった。しかし、何か違うとも感じていた。そして、心の思うままに、歴史や詩、書を学び努力をしてきた。努力を続けていたら、自分の考えだけでは思いつかなかった図書館を作ることまでできた。様々な神々との出会いがあり、神様は自分の進むべき道の手掛かりをくれた。心の中の自分がやりたいと思っていたこと、天命がわかり、それを実行することはこんなにも嬉しいことなのだ」

夜空に浮かぶ三日月を見ながら、ヤカツグはそのようなことを考えていた。

すると三日月から、あの月読命《つきよみのみこと》が現れた。

リン♪　ピチャン　リン♪　ピチャン

懐かしい鈴の音だ。

月読は、青い冠に青い肩衣《かたぎぬ》を羽織り、袴を履いている。肩衣の下には黄金の着物をまとい、腰には緑色の帯を巻いている。

特徴的なのは、胸に大きな三日月の飾りが付いていることである。

「月読様、起死回生の剣を使いましたよ。さらに宗像三女神《むなかたさんじょしん》の長姫《ちょうひめ》である紀理様の勧めで図書館も作りました。とても充実した人生を送っています」

ヤカツグは、月読命に向かって幸せに満ちた顔で話す。

「それは良かった。そなたならできると思っていたぞ。今後も天皇を支え、世の中のために励むが良い」

「いつも私を導いて頂き、ありがとうございます」

ヤカツグはそう答えた。

石上《いそのかみ》姓

七七九年、ヤカツグは代々物部《もののべ》氏を祀《まつ》っているあの〝石上神宮《いそのかみじんぐう》〟を訪れた。物部《もののべ》の宝剣〝七支刀《しちしとう》〟を奉納するためである。

この頃ヤカツグは、一度姓を「物部」にしていたが、再び「石上《いそのかみ》」に姓を戻した。

「この剣は国を簒奪《さんだつ》しようと企てていた大蛇の幻影から、この国を見事に守った剣。石上神宮に奉納し、私が亡くなった後でも誰かに使ってもらおう」

大宰《だざい》に左遷が決まり人生を迷っていた頃のヤカツグとは違い、悟りを開いた僧のように落ち着いた姿であった。

「私がこの世で為すべきことはやり切った。何と充実した人生であったのであろう」

まだ五十歳になったばかりのヤカツグは、もはやこの世に思い残すことがないようであった。

——私は大和の文人石上宅嗣《いそのかみのやかつぐ》である。遣唐使で来日した鑑真和尚《がんじんおしょう》は、その生涯を終えた時、西に向かって座禅したままお亡くなりになったそうだな。私も人生の最期は、あのように静かな旅立ちをしたい。

バリバリバリ——突然空気を裂くような雷の音がした。

「石上殿、随分としおらしい態度ではないか。お主はまだまだ若い。天皇を支え、後世に伝えるべきことをまとめていくのだ。わしのように早死にしてはならぬぞ」

石上神宮の本殿から鍾馗《しょうき》が現れた。

「お主は自分で選んだ自分の道を進んでいる。もはやわしが言うこともほとんどないが、一つだけ良い話をしてやろう。そういえば、前に話したわしの話の続きは、もう吉備《きび》より聞いていたな。わしが、唐の玄宗《げんそう》皇帝の病を治したことを」

「はい。吉備様から聞き及びました。あれから鍾馗様は〝厄除け〟や〝疫病除け〟、〝学問成就〟の神様として祀《まつ》られているのですよね」

「そうだ。鬼や病がある所にはどこでも飛んで行き、たちどころに治しているぞ。わしも大陸や半島、島々の人たちから頼りにされ忙しいのだ」

鍾馗は、汗をかきながら話す。

「良い話というのは、どんなお話でしょうか？」

ヤカツグが鍾馗に尋ねると、鍾馗は嬉しそうな顔をして話し始めた。

「玄宗皇帝の話は、楊貴妃《ようきひ》が亡くなったところまで吉備から聞いていたな。あの話には続きがあるのだ。玄宗皇帝は、見事反乱軍を倒し、都長安《ちょうあん》に戻ったのだが、そこには愛する楊貴妃はもうこの世にはいなかった。玄宗皇帝は、長安の宮殿の奥で、楊貴妃を思い出し毎日悲しみに暮れていたのだ。その身を案じて、道士（道教《どうきょう》の実修者）が楊貴妃の魂を探し出すことになったのだ」

「亡くなった方の魂を探せるのですか？　道教とは凄いですね」

ヤカツグは驚きながら、鍾馗の話を聞いた。

「楊貴妃の魂はなかなか見つけられなかったが、ようやく仙人の山で仙人になった女性を見つけたのだ。彼女が、楊貴妃の魂だった。仙女になった楊貴妃は、皇帝との思い出の品である螺鈿《らでん》の箱と金のかんざしをそれぞれ二つに分けて片方を道士に渡した。それに応えて皇帝は、楊貴妃に二人だけしか知らない言葉を道士に託した。その言葉とは、『天にあっては比翼《ひよく》の鳥（雄鳥と雌鳥が隣り合わないと飛ぶことができない鳥）となり、地にあっては連理《れんり》の枝（二本の樹木の枝が結合したもの）となりたい』という言葉だった。それは、かつて二人が誓い合った永遠の愛の言葉だったのだ。つまりわしが言いたいことは、道教が目指す〝不老不死〟の世界よりも、〝永遠の愛〟の方が勝るということだ。〝永遠の愛〟を誓うのは、この世にいる間にしかできないぞ。わっはっは」

そう言うと鍾馗は去っていった。

――不老不死より大事なことは、〝永遠の愛〟この世に生きることは、不老不死よりも素晴らしいことなのだ。

ヤカツグは、鍾馗の言葉を噛みしめていた。

万葉集編纂《へんさん》

山吹の花が七重八重に咲く晴れた四月。庭に藤の花が咲いている。

ヤカツグ自宅の図書館〝芸亭《うんてい》〟に、オオトモが走り込んできた。

ヤカツグは、図書館で書物の整理をしているところだった。

「どうしたのですか？　そんなに慌てて」

ヤカツグが声をかけると、

「き、聞いてくれ。俺も和歌を集めた〝歌集〟を作ることにしたのだ。お前が作った図書館が俺の気持ちを高ぶらせ、俺は歌集を作ろうと思ったのだ。宴や旅、男女の恋、死に関する歌を集めて壮大なものを作るぞ」

「それは凄い。後世に残る名歌集になるでしょう。歌集の名前はどんな名前にするつもりですか？」

そう聞くヤカツグにオオトモは、

「俺は、天皇や貴族、役人、防人《さきもり》から農民に至るまで様々な身分の人々の歌を集めるつもりだ。歌集の名前は〝万《よろず》の言《こと》の葉《は》〟を集めた歌集『万葉集《まんようしゅう》』というのはどうであろうか？」

「万葉集！　とても良い名前です。一万年の先まで語り継がれる歌集にしようじゃありませんか。私も協力します。ここにある書物も役立てて下さい！」

ヤカツグは、友の思いもかけない〝壮大な挑戦〟に心躍らせた。

「オオトモ様は、只者ではないと思っていましたが、まさか万《よろず》の言《こと》の葉《は》を集めた歌集を作ろうとは、こんなに嬉しいことはない」

ヤカツグは年上のオオトモを抱き寄せ、男泣きに泣いた。


その年（七八〇年）、ヤカツグは大臣に次ぐ地位の〝大納言《だいなごん》〟に昇進していた。父の乙麻呂を超え、祖父麻呂に最も近づいた位になったのである。


日が地面を割くように照りつける六月。

暑さにも負けずに、オオトモは『万葉集』の編纂《へんさん》に夢中になっていた。

「あの歌も入れたい。この歌も後世に伝えるのだ。何千もの歌（何万もの言の葉）を集め、何十巻にもなる日本固有の日本初の和歌集を作るのだ」

編者である大伴家持《おおとものやかもち》は、歌集を作ることを一時も忘れることはなかった。

「そうだ。俺の父の歌も入れよう。あれは俺が子供の時。俺と父は九州大宰《だざい》にいた。父はヤカツグと同じく政権の中枢から追い出され、大宰で不遇な日々を送っていたのだ。それにしても大宰の宴で見た梅は、とても美しかった。梅は大陸から来たばかりの珍しい花。あの時の父の幸せな気持ちを込めた歌を是非『万葉集』に入れよう」

大伴家持はさらに考える。

――大宰の庭園で開かれたあの宴。一人ひとりが思い思いに歌を詠んでいた。梅に限らず竹を詠む者や柳を詠む者。梅と鶯《うぐいす》を題材にした方もいたな。あの時のように「一人ひとりが自由に感じたことを言える」、そして、「その人にしかできないことを、それぞれが夢中になってやっている」、そのような世が来るといいな。

いや、そのような未来は絶対にやって来る。その時にこの『万葉集』がきっと役に立つであろう。

万葉集編者の大伴家持の父、〝大伴旅人《おおとものたびと》〟は大宰で「梅花の歌三十二首」の序文を記した。

時に、初春《しよしゆん》の令月《れいげつ》、気淑《うるは》しく風和《やは》らぐ。

梅は鏡前《きやうぜん》の粉《こ》に披《ひら》き、蘭《らん》は珮後《はいご》の香《かをり》に薫《かを》る。

（新春の佳き月で、気は清く澄み渡り風は和らかにそよいでいる。梅は貴婦人の鏡前の白粉《おしろい》のように白く咲き、蘭は身に着けたお香のようにかぐわしい）

磯《いそ》の神《かみ》

二か月前の七八一年四月、光仁《こうにん》天皇は病のため、子の桓武天皇に皇位を譲った。

長年、光仁天皇を支えてきたヤカツグは、大納言《だいなごん》の地位に加えて正三位《しようさんみ》に昇進した。

「正三位《しようさんみ》大納言《だいなごん》の石上宅嗣《いそのかみのやかつぐ》殿、桓武天皇の補佐を頼む」

譲位した光仁天皇が、ヤカツグに言葉をかけた。

「ははあ。全身全霊で桓武天皇をお支え致します」

ヤカツグは譲位した光仁天皇に平伏する。


しかし、別れは突然訪れた。

ヤカツグは、住み慣れた自宅で湯を浴び寝室で寛《くつろ》ぐと、妻に話しかけた。

「今晩のタケノコ（真竹）とフキ（水フキ）の炊合《たきあ》わせのご飯は美味しかった。いつも美味しいご飯を作ってくれてありがとう」

そう言い、ヤカツグは床に就いた。


六月の雨が、庭にある藤を痛めるように降る。

薄紫の藤の花は吹き散り、その花びらが月の光で照らし出されていた。

藤の花言葉は「決して離れない」、そして「優しさ」「歓迎」である。

「決して離れない」花が散り、それに続く「優しさ」「歓迎」とはどのようなことを意味するのだろう……。

翌朝、変わったばかりの桓武朝に激震が走る。

「一大事でございます。だ、大納言の石上宅嗣様がお亡くなりになりました」

従者が息を切らし、声を震わせながら、桓武天皇に申し伝える。

「なんと。父である光仁天皇の後を継ぐために、まだまだ教えて頂くことが沢山あったのに、残念極まりない。まだ朕より八歳上の若さではないか」

四十四歳の第五十代桓武天皇は、力を落とした。

「友ヤカツグが亡くなる」

この報を聞いた大伴家持《おおとものやかもち》は、三日三晩泣き続けた。

「ヤカツグ殿には、まだまだ助けて頂きたかった。あと十年、いやあと三年は生きていて欲しかった。次々と出来上がる『万葉集』も共に見てもらい、共に喜びたかった」

オオトモは、ヤカツグが在りし日、図書館〝芸亭《うんてい》〟で、共に喜ぶヤカツグの面影を思い出す。

それは、素晴らしい歌を見つけ報告するオオトモに、ヤカツグが寄り添う姿だった。

二人の姿は、まるで玄宗皇帝と楊貴妃が、〝永遠の愛〟を誓ったあの「比翼《ひよく》の鳥、連理《れんり》の枝」そのものであった。

〝永遠の愛〟もこの世でしか誓えないが、〝真の友情〟も生きている間しか育めない。

助けてくれる友、苦楽を共にする友、忠告をしてくれる友、思いやりのある友を仏教では「善友《ぜんゆう》」という。

お釈迦様は、「善友がいることこそが、仏道の全てである」とおっしゃった。

お釈迦様は、このようにも教えている。

「悪友を避けて善友を求めよ。しかし善友が得られなければ、孤独に歩め」

オオトモは、人目を憚《はばか》らず大声で号泣した。

「我が心の友、ヤカツグ殿！」

ヤカツグは、臨終にあたって薄葬《はくそう》にするよう遺言《ゆいごん》していた。平城京《へいじょうきょう》の人々は、賢明で悟りが早く、立派な容姿をした石上宅嗣の死を悲しみ悼《いた》んだ。ヤカツグの発言や振る舞いには、落ち着きがあり雅やかだった。

人々の涙と共に、奈良の都には雨が降っていた。


都に雨が降りしきる六月の午後。

ヤカツグの妻と息子の継足《つぐたり》や娘、孫たちは、自宅で納棺されたヤカツグの側にいた。

亡くなったヤカツグは白い法衣に着替え、棺の中で横たわっている。


魂となったヤカツグは、空中から自分の亡くなった姿を見つめていた。

すると、にわかに空が晴れ渡る。

「ヤカツグ様」

亡くなったはずのヤカツグは、どこからともなく聞こえる女性の声に気が付いた。

「ヤカツグ様、現世でよく頑張りました！　これからあなたは神になり、世の人々を見守るのです」

声の主は、日の神の娘、宗像三女神《むなかたさんじょしん》の長姫《ちょうひめ》の紀理《きり》である。

「私が神に？　世の人々を見守る？」

「そうです。私たちがあなたを導いてきたように、あなたも自分の道がわからず苦しんでいる人たちを救うのです。これからは『磯《いそ》の神《かみ》』と名乗ると良いでしょう。遣唐使として荒波を渡り挑戦したこの時代の人々を代表して、後の世で挑戦する人を応援するのです」

ここに「磯の神ヤカツグ」が誕生した。

――「磯の神」か。大海を渡り大陸に行こうと志《こころざ》していた若き日の自分の姿に相応《ふさわ》しい。これからは、自分の人生に迷っている多くの人々を助けていこう。

空から、様々な花びらや実が舞い降りる。椿や桃、杏、すみれ、もみじ。

同時に安らかな暖かい光に包まれた。

その時、愛らしい姫と涼やかな顔をした姫が現れる。

「磯の神様。これからが始まりですね」

宗像三女神の末姫《すえひめ》である市《いち》が声をかけた。

「磯の神様。共に頑張りましょう！」

その涼やかな顔の声は、宗像三女神の次姫《つぎひめ》の多岐《たき》。

辺りは様々な花の香りと、末姫の市が奏でる琵琶の音色で充たされた。

天恵《てんけい》を受けた太い幹から伸びる梢《こずえ》に、鶯《うぐいす》が鳴いている。

白いウサギやオオムラサキ蝶も舞っている。

周りには、神の使いであるニワトリや白鹿、白蛇もいた。


「磯の神殿、大きくなられた」

雷鳴のように轟く声の主は星の神、〝鍾馗《しょうき》〟だ。


明るく晴れた空に鈴の音が聞こえる。

「磯の神ヤカツグ殿、共に歩もう！」

月の色と同じ黄金色の絢爛《けんらん》な衣を着た〝月読命《つきよみのみこと》〟だ。

旭《あさひ》のように晴れやかな顔で、月の神に、磯の神は答える。

「はい。ありがとうございます」

青丹《あおに》よし　奈良の都は　咲く花の
匂うがごとく　今盛りなり
（奈良の都は、まるで満開の花が美しく日に照り映えるように、華やかに栄えていることだなあ）

東大寺大仏殿の左右には高さ一〇〇メートルにもなる二対の七重塔が、天まで届く勢いで建っていた。

人々が行き交い賑わう平城京に、聖なる鐘の音が鳴り響く。

ジャーン♪　ジャーン♪　ジャーン♪

ヤカツグが亡くなって半年後、譲位した光仁《こうにん》天皇も崩御した。

後を継いだ桓武天皇は、文武百官を伴い、先帝光仁天皇の一周忌の法要を営んだ。

その際に長く不遇だった白壁王《しらかべおう》（光仁天皇の即位する前の名前）時代を偲び、〝竹筒〟に酒を注いで嗜《たしな》む風雅な祭儀を執り行った。

この風雅な青竹づくしの祭事は、令和の時代まで続いている。

当時としては、七十三歳という長命で、天寿を全うされた光仁天皇にあやかり、この笹酒が振舞われているのである。

エピローグ

薫風《くんぷう》香り若草萌える、〝令和元年〟五月の日曜日の朝、美竹《みたけ》結衣《ゆい》の家から母の声が聞こえる。

「結衣《ゆい》、今日は未麗《みれい》ちゃんと図書館で一緒に勉強する予定じゃないの？　もう起きたら？　来年は大学受験だから勉強頑張ってね」

結衣はベッドから飛び起きて、キッチンで自分が用意したトーストとヨーグルト、フルーツを食べた。

部屋には、父が淹れたコーヒーの香りが漂っている。日曜日の朝にもかかわらず、公務員の父は早起きだった。

「いよいよ平成から新元号の〝令和〟に変わりました。各地の反応はいかがでしょうか？」

朝のテレビ番組からニュースが聞こえる。

続いて〝令和〟の文字が書かれた額を神妙な顔で持つ、菅《すが》官房長官の姿が映し出された。

その後に、総理大臣安倍首相が会見をする。

「この令和とは、人々が美しく心を寄せ合う中で文化が生まれ育つ、という意味が込められています」

さらに首相は述べる。

「令和の典拠は万葉集で、歌の序文から二文字を取りました。元号の典拠が中国の漢籍ではなく、初めて日本の国書になったのです。万葉集は、我が国の豊かな国民文化と長い伝統を象徴する国書です」

典拠となった歌の序文には、「時に、初春《しょしゅん》の令月《れいげつ》、気淑《うるは》しく風和《やは》らぐ」という表現がある。

〝令〟には「おきて」「命令」の他、「良い」などの意味があり、〝和〟は「調和」や「平和」などに使われる。

結衣と未麗は西船橋駅のコンビニで待ち合わせ、東西線から三田線に乗り換え、内《うち》幸町《さいわいちょう》駅で降りた。目指す施設は日比谷図書文化館である。

駅から建物まで歩きながら、二人は話す。

「結衣は文系の大学を受験するよね」

「うん。今日は日本史の勉強。奈良時代の復習をするつもり。古文もやらなきゃ」

「そうなんだ。私は理系だから別々の進路だね。私は科学と物理で受験するつもり。波動って面白いよ。音とか光とか……」

「一緒のクラスになったのは、一年生の時だけだね。別々のクラスなのに、私たち仲良しだよね。大学行って、就職して……大人になってもずっと友達でいようね」

今日も〝磯の神〟は、空の上から人々を見守り、皆に図書館や書店で、本という宝から気づきを得て欲しいと思っている。

完

【登場人物】

石上宅嗣《いそのかみのやかつぐ》

奈良時代後期の公卿、文人。歴史書を好み、草書・隷書も上手な漢詩人。『経国集』に作品が収められる。仏道に通じ、自宅に阿閦寺を建立し、日本最初の公開型図書館「芸亭」を作る。名門物部氏の末裔。官位は正三位大納言。祖父麻呂は、左大臣。父乙麻呂は、中納言。

大伴家持《おおとものやかもち》

公卿・歌人。宅嗣より年上で親友。元号「令和」の元になった『万葉集』の編者。

藤原仲麻呂《ふじわらのなかまろ》（恵美押勝《えみのおしかつ》）

太政大臣。藤原仲麻呂の乱で孝謙上皇に攻められ、近江の海（琵琶湖）で亡くなる。

孝謙《こうけん》上皇（重祚後は称徳《しょうとく》天皇）

女帝。聖武天皇の娘。道鏡を寵愛。吉備真備を派遣し、藤原仲麻呂を倒す。西大寺を建立し、仏教重視の政策を推し進める。

道鏡《どうきょう》

孝謙上皇の病を治したことから、寵愛される。法王になり、皇位簒奪を企む（宇佐八幡宮神託事件）も和気清麻呂により阻止される。

吉備真備《きびのまきび》

右大臣。学者。遣唐使として、二度唐に渡る。阿倍仲麻呂の友人。藤原仲麻呂の乱で活躍する。七七五年、八十一歳で薨御。

宗像三女神《むなかたさんじょしん》

天照大御神（日の神）の娘たち。

長姫《ちょうひめ》　紀理《きり》

玄界灘に囲まれた沖ノ島に住む。椿のかんざしを付け、オオムラサキの蝶に変身する。

次姫《つぎひめ》　多岐《たき》

宗像大社の北、大島に住む。梅の匂いをまとい、鶯のような美しい声を持つ。

末姫《すえひめ》　市《いち》

那の津（博多湾）近くの宗像大社に住む。桜の花びらと共に現れる。ウサギのように跳ねる。琵琶が得意。

鍾馗《しょうき》

中国の道教の神。星の神。厄除け、疫病除け、学問成就の神様。唐の皇帝玄宗の病を治す。日本では、端午の節句で飾られる。

月読命《つきよみのみこと》

天照大御神の弟。月の神。宅嗣に七支刀（起死回生の剣）を渡す。月に住み、かぐや姫物語で登場する月の兵を司る。壱岐と京都に月読神社がある。

【年表】

七二九年　石上宅嗣、生誕
七六二年　宅嗣、遣唐副使を解任される
七六三年　藤原宿奈麻呂、大伴、宅嗣、他一名、藤原仲麻呂を除こうとするも失敗する
七六四年　宅嗣大宰左遷、大伴薩摩左遷
　　　　　藤原仲麻呂の乱　仲麻呂討死
　　　　　宅嗣、平城京に戻る
七六五年　道鏡、法王になる
七六九年　宇佐八幡宮神託事件
七七〇年　称徳天皇（孝謙上皇）崩御
　　　　　大伴、平城京に戻る
　　　　　光仁天皇即位（即位最高齢）

七八〇年　宅嗣、大納言に昇進。太政官で第三位の席次

七八一年　桓武天皇即位（四十四歳）

宅嗣薨御（五十二歳）

光仁天皇崩御（七十三歳）

……………

二〇一九年（平成三十一年）四月まで

（令和元年）五月より

【参考文献】

〈史料〉

『詳説日本史　改訂版』山川出版社（二〇二一年）
『新まんが日本史 上』学校図書（一九八八年　一九九七年　増補）
『平城京　その歴史と文化』小学館（二〇〇一年）
『石上宅嗣卿』石上宅嗣卿顕彰会（一九三〇年）
『日本古典全集』日本古典全集刊行会（一九二七年）

〈書籍〉

『万葉集』（二）岩波文庫（二〇一三年）
『平城京一三〇〇年「全検証」』渡辺晃宏　柏書房（二〇一〇年）
『東大寺の考古学』鶴見泰寿　吉川弘文館（二〇二一年）
『奈良朝の政変劇』倉本一宏　吉川弘文館（一九九八年）
『遷都１３００年　人物で読む 平城京の歴史』河合敦　講談社（二〇一〇年）

『最新 日本古代史の謎』恵美嘉樹　学研パブリッシング（二〇一一年）
『万葉びとの奈良』上野誠　新潮社（二〇一〇年）
『唐から見た遣唐使』王勇　講談社（一九九八年）
『遣唐使の光芒　東アジアの歴史の使者』森公章　角川選書（二〇一〇年）
『万葉集とは何か』小椋一葉　田畑書店（二〇一七年）
『宗像大社・古代祭祀の原風景』正木晃　日本放送出版協会（二〇〇八年）
『日本と道教文化』坂出祥伸　角川選書（二〇一〇年）
『楊貴妃　大唐帝国の栄華と滅亡』村山吉廣　講談社（二〇一九年）
『「日本人の神」入門』島田裕巳　講談社（二〇一六年）
『誰が天照大神を女神に変えたのか』武光誠　ＰＨＰ研究所（二〇一七年）
『新潮日本古典集成　竹取物語』野口元大／校注　新潮社（二〇一四年）
『古代日本人の信仰と祭祀』松前建、他　大和書房（一九九七年）
『和気清麻呂』平野邦雄　吉川弘文館（一九八六年）

著者プロフィール
鏡本 ひろき（きょうもと ひろき）
東京都在住
明治大学経営学部卒業
中小企業診断士
歴史の面白さを知ってほしい、心に響く言葉や物語を通して読者の支えになりたいという想いで「鏡本歴史物語」シリーズを書き下ろす。
2023年、『忍者風魔　～戦国時代を生きた風魔小次郎～』を幻冬舎より出版予定。

鏡本《きょうもと》歴史物語　日月星《にちげつせい》の神様
最初の図書館を作ったヤカツグ

2023年2月15日　初版第1刷発行

著　者　鏡本 ひろき
発行者　瓜谷 綱延
発行所　株式会社文芸社
〒160-0022　東京都新宿区新宿1－10－1
電話　03-5369-3060（代表）
03-5369-2299（販売）

印刷所　図書印刷株式会社

ISBN978-4-286-28026-4